講談社文庫

どうした、家康

上田秀人 ほか

JN041474

講談社

どうした、家康　目次

地図製作　アトリエ・プラン

徳川家康関連地図
越中
加賀
飛驒
越前
美濃
関ヶ原の合戦
若狭
小牧·長久手の合戦
琵琶湖
丹波
清州城
本能寺
近江
熱田
尾張
三河
桶狭間の合戦
長篠の合戦
摂津
山城
岡崎城
大坂城
伊賀
伊勢湾
和泉
河内
大和
伊勢
伊勢神宮
志摩
紀伊

どうした、家康

扉画　大高郁子

囚《とら》われ童《わらべ》とうつけ者

矢野隆

棄《す》てられた。

そう思って父を憎む。

御家のために。

そう思って孤独に耐える。

いずれの想いを抱くにせよ、むっつの竹千代《たけちよ》は幼過ぎた。満足な言葉を持たず、確固たる己を確立してもいない。漠然とした想いが渦巻く幼い心を胸に仕舞い、現実という名の激流の只中を沈まぬように、ただただ彷徨《さまよ》っている。

言葉にするほど己の想いを持っていないのだ。大人の申し出に否応で答えることなどできない。

「今川《いまがわ》殿は決して御主を無下《むげ》には扱わぬ。御主が困ることはない。御主が駿河《するが》に行くことで、松平《まつだいら》家は救われるのだ竹千代」

そう言って父は、竹千代を送りだした。人質として、駿河へ行くはずだった。

父は、独力では抗しきれない敵を前に、駿河、遠江《とおとうみ》二国を治める名門、今川家の力を頼った。その見返りとして、竹千代は三河《みかわ》を離れ、人質となるはずだった。

松平家のためになるならば……。

その一心であった。

むずかしい話は竹千代にはよくわからない。だが、松平家の嫡男として恥じぬだけの学は日々修練しているつもりであるし、今川家のことも知っている。将軍家、足利《あしかが》に連なる名門であり、足利家の嫡統が途絶えた時に、将軍を出すこともできる家柄だという。そのあたりの言葉は頭に入っているのだが、世間を知らないむっつの頭では、形ばかりが入っているだけで血が通っていない。己が何故《なぜ》、人質として駿河に行かなければならないのかということも、言葉では理解できているのだが、実際のところ、曖昧《あいまい》なのである。ただ、父がこれまで見たことがないほど真剣な顔つきで語るから、松平家にとっての重大事なのであろうということくらいはわかった。

三河から駿河へと住む所が変わる。その程度の認識でしかない。

寂しさはさほど感じていなかった。

物心付いたころから、父や母に執着することがなかった。嫡男として生まれた所為《せい》で、常に大人《おとな》たちに囲まれ、なにくれと世話をされる。乳ですら母の物ではない。母は竹千代が三つの時に、離縁されて国許に戻っている。竹千代の脳裏には、母の面影すらない。

寂しいという感情を抱くより先に、竹千代は一人であることを覚えた。だから、人質であることに、なんの感慨もない。

ただ、今の境遇はさすがに得心がゆかない。

本当なら今頃、竹千代は駿河にいるはずだった。駿河の太守、今川義元《よしもと》の庇護を受け、三河松平家の嫡男として満足のゆく待遇を受けていたはずなのである。

寺にいた。

尾張《おわり》の寺だ。

万松寺《ばんしょう》という名の寺だという。この寺は織田《おだ》家に縁《ゆかり》のある寺であるらしい。

尾張織田家。

父の敵である。

そもそも父が今川義元を頼ったのも、織田家が原因だった。尾張守護斯波《しば》家の家老職にある織田家。その織田家がふたつに分かれ、尾張を上下に分かち治めていた。尾張の下半を治める家に三人いる家老。その一人が、父の敵である織田信秀《のぶひで》であった。信秀は尾張一国を領するような大名でもないくせに、多くの兵を率い、三河との国境《くにざかい》を侵すほどの力を持っている。三河西部の国人たちには、信秀の力を恐れ、父を裏切る者も多くいるという。

なにもかもが言葉での知識である。もちろん血は通っていない。尾張の織田信秀は父の大敵。竹千代にとっての信秀はそれ以上でも以下でもない。

この信秀に、竹千代はどうやら奪われたらしいのだ。

駿河へとむかう道中、護衛を任されていた戸田宗光《とだむねみつ》が、勝手に進路を北西にとった。密かに手筈《てはず》が整えられていたのであろう。竹千代はそのまま尾張へと連れ去られ、熱田《あつた》の加藤図書助《かとうずしょのすけ》の屋敷に運ばれた後、信秀の居城である清洲城《きよす》の目が届く万松寺に入れられた。

飯はしっかりと用意されている。寺であるから生臭な物は出なかったが、十分なだけの飯が刻限になると僧の手で運ばれてきた。数人の見張りはいるものの、一室に押し込まれているわけでもない。

人質として駿河に行くはずが、囚《とら》われ人として尾張に運ばれた。

怒ったところで、どうなる訳でもない。だからといって、さめざめと泣くつもりもなかった。幼い己には為す術《すべ》がない。だから、ただ黙って無為《むい》なる日々を送っている。

そのうち父が迎えに来てくれるはず。そんな淡い期待も、たしかに胸の隅《すみ》にはある。だが信秀は、駿河の今川を頼らなければならないほどの敵なのだ。今川の力もなく、奪い返せるものなのだろうか。

わからない。

戦《いくさ》をしたこともなければ、人を殺《あや》めたこともない。人ひとりを奪還するために、どれだけの労力と犠牲が必要なのか、父がそれだけの物を負担できるのか、なにもかもわからない。

だから、考えるだけ無駄なのだ。幼い竹千代がどれだけ知恵を絞ったところで、行く末の展望など見渡せるはずもない。

現状を唯々諾々《いいだくだく》と受け入れる。それだけが竹千代に出来る唯一の術だった。

四角い部屋の真ん中に、ひとり座って時を過ごす。壁に切られた格子戸から漏れる陽の明かりで、おおよその刻限を予測する。僧が持ってくる飯によって、寝る時を計って寝る。それが竹千代の一日だった。

しかし、そんな平穏で平坦な毎日は、戸を開くけたたましい音とともに突然破られた。

眩《まばゆ》い陽光を背に受けて男が立っている。顔も姿も影に染まっているのだが、躰《からだ》付きや大きさは幼年の竹千代にとっては大人同然のものに思えた。

影が近づいてくる。

次第に像を結びはじめた。

少年、いや青年と呼ぶにふさわしい男は、これまで竹千代が一度も見たことがない風体であった。粗末な衣《きぬ》を腰の荒縄で乱暴に躰に巻き付けている。その縄からは幾筋もの紐がぶら下がり、瓢簞《ひょうたん》や干し柿などが付けられていた。伸ばした髪を、後《おく》れ毛など気にせずに派手な色の組紐で乱雑に茶筅《ちゃせん》に結い上げている。強引に髪を引っ張っているからか、目や口の端が邪悪に吊り上がっていた。

激しく床板を踏み鳴らしながら大股で竹千代の目の前まで近づいてきた青年は、物凄い勢いでしゃがみ込むと、ふくよかな竹千代の両の頰《ほお》を右手でつかんだ。

頰をつかまれたまま、ぐいと顔を持ち上げられる。しゃがみ込んだ青年と、自然と目が合う。

「御主か三河から売られてきた餓鬼《がき》はっ！」

これが……。

目の前の男の死の間際まで結ばれることになる縁《えにし》の、最初の交錯であった。

厳《いか》つい指で両頰を押さえられているから、竹千代は答えることができない。

「答えよっ！」

青年が竹千代の頭を上下に揺する。突き立てられた指が、柔らかい頬に食い込んでゆく。

「御主、名はっ！」

答えられない。声を発することもできない。言えたとしてもこんな無礼な男に答えたくはなかった。答える意思がないことを、頬を押さえられて縮まった唇《くちびる》を精一杯閉じることで示す。

「儂《わし》は織田信秀の子、信長《のぶなが》じゃっ！」

言って青年こと織田信長は、乱暴に竹千代の頬を放った。それから鼻先同士が触れ合うほどの距離まで顔を近づけてくる。

「御主、名はっ！」

先刻まで獣《けもの》の肉を喰《く》らっていたのか、と思うほど信長の息が生臭い。昼食べた飯が上がってこようとするのを、腹に力を込めて必死に堪《こら》えながら、竹千代は信長を見据え続ける。

「儂から名乗ったのじゃっ！　御主も名乗れっ！」

耳が壊れるのではないかというほどの大音声《だいおんじょう》で、信長は語る。

竹千代はゆるりと口を開く。

「松平広忠《ひろただ》が一子、竹千代にござります」

「知っておるっ！」

失礼極まりない男である。己から名を問うておいて、知っているとは何事か。

「ぬはっ！」

信長が嬉々《きき》として笑った。

「御主、怒っておるのかっ！」

いちいち大声でがなり立てるから、うるさくてかなわない。

「怒っておるのか」

言いながら竹千代の頭を何度も叩く。動じずに信長を睨《にら》む。膝《ひざ》に載せた幼い手が袴《はかま》を握りしめながら、ゆっくりと閉じられてゆく。しかし竹千代自身はそれに気付いていない。

「なんとか言え」

「怒ってなどおりませぬ」

「そうか」

不意に信長の瞳から喜色の光が失せた。わずかに身を引き、床板にどかりと腰を落ち着ける。乱雑に開かれた衣の隙間から真っ白な褌《ふんどし》が覗いていた。竹千代の視線などお構いなしといった様子で、無礼な織田家の嫡男は腰の瓢簞を手に取って歯で詮を抜くと、中の物をぐびぐびと呑み出した。酒の匂いはしないから、どうやら水のようである。そんなことを考えながら、竹千代は信長を睨み続けた。

瓢簞に詮をした信長が、後ろに回した手を床に付き、天井《てんじょう》を見上げながら面《おも》白《しろ》くなさそうに口を開く。

「その年で己を謀《たばか》るか」

言われたことの意味が竹千代には理解できなかった。己を謀るとはどういう意味なのか。

「つまらぬ大人と一緒じゃな」

返す言葉が見つからない。竹千代にしてみれば、信長も十分大人の部類に入るのだが、明らかに目の前の男は、己と大人を明確に切り離し、敵視している。

「なんとか言え」

後ろに手を回して見上げた格好のまま、顔だけを曲げて竹千代を見つめる信長が吐き捨てた。

「いや……」

「はっきりせぬ餓鬼じゃ」

まったくもって理不尽極まりない。

いきなり目の前に現れて、餓鬼呼ばわりし、知っているくせに名前を聞いて、興味を無くしたらはっきりせぬなどと悪態を吐《つ》く。ここを居所とする竹千代に逃げ場はない。この男が去ってくれなければ、平穏は訪れぬのだ。

「あの」

「なんじゃっ！」

はじめて己から口を開いた竹千代に、笑みを浮かべて信長が叫ぶ。機嫌が良くなると大声になるのであろうか。だとすれば、これほどわかりやすいことはないし、機嫌の振れ幅があまりにも大きすぎる。

目の前の男は、これまで竹千代が出会ってきたどんな人とも違っていた。だからといって興味をそそられるとか、好ましいとは思わない。ただ、目新しいだけの無礼な男である。

「切り出したのだから、なにか言えっ！」

口籠《くちごも》った竹千代をがさつな声が急かす。

袴を握りしめる指に自然と力が籠る。

信長の目をしっかりと見据えたまま、竹千代はゆっくりと言葉を舌に載せた。

「なにをしに参られたのですか」

「なにが」

「い、いや、ここに」

「来ちゃ悪いのか」

「そういうことでは」

「つたくっ！」

信長が後ろに回していた手で床を叩くようにして弾くと、その勢いで胡坐《あぐら》のまま前のめりになる。

ふたたび顔と顔が近づく。

竹千代は思わず息を呑む。

息が獣臭いからではない。目の光が尋常ではなかった。こんなにぎらぎらした瞳を見るのは初めてだった。信長という男の勢いに面食らっていた時は気付かなかったが、幾分心が落ち付いたのだろうか、あらためてその顔を見つめてみると、これまで竹千代が見たどの顔とも似ていなかった。

恐ろしい。

化け物にでも出会ったような心地に、竹千代は苛《さいな》まれる。

「儂がなにをしようと、儂の勝手ではないか」

たしかに信長の勝手である。だからといって、返す言葉は見つからない。

「おいっ！」

前髪の残る竹千代の頭を、熱い手がつかむ。本当に燃えているのではないかと思うほど、信長の手は熱かった。

「御主は父に売られてなんとも思わぬのかっ！」

「え」

「まっこと、はっきりせぬ童《わらべ》じゃなっ！」

頭をつかんだ手がぐりぐりと回される。竹千代はされるがままに頭を回す。

視界が激しく回るのだが、その真ん中には常に信長の顔が居座っている。

「御主は親父《おやじ》の手で駿河の今川義元のところに売られたのであろう」

売られた……。

そんなことは思ってもみなかった。松平家のために、竹千代は甘んじて駿河に赴くつもりであった。

「私は売られてなど」

「銭のやり取りだけが売り買いじゃなかろうっ！　今川の力を買うために、御主の父は御主を銭代わりに使《つこ》うたのじゃ」

たしかに、そういう考え方もできるかも知れない。しかし、銭自身が望んでいるのなら、それは正当な取引ではないかと竹千代は思う。

「御主は今川に売られたんじゃっ！」

「はい」

素直な想いを声にして吐き出し、竹千代は信長にされるがままに頭を回し続ける。

「腹立たしくはないのかっ！」

「なにが」

「父に売られたのじゃぞ御主は」

それは聞いた。

「それだけでは無い。取引の最中、仲介者の裏切りで儂の親父に奪い取られたのじゃぞ。人としてではなく、品物としてな」

それでも。

竹千代は人である。

信長が品物だと悪《あ》しざまに吐き捨てようと、竹千代が人であることは動かしようのない事実だ。そんなことにいちいち腹を立てるつもりはない。物事の多くがいまだ言葉以外の意味を持たない幼い竹千代ではあるが、人としての根底のところで信長のように強く激するような心持ちにはなれなかった。

品物のなにが悪いのか。

父のため、松平家のためになるのなら、竹千代は喜んで品物となろう。

「儂の父は、御主の父に幾度も使いを出したそうじゃ。御主を返してほしかったら、織田に与《くみ》せよとな。だが、御主の父はいっこうに首を縦に振らん。それどころか、息子などのために三河を売るつもりはないと言うておるらしい。息子を殺したければ殺せば良いとまで言うておるそうじゃ」

「父が……」

口から思わず零《こぼ》れ出した言葉を、竹千代は拾い上げて喉《のど》の奥に仕舞いたい衝動に駆られた。だが、一度口から出た言葉を、二度と戻すことはできない。

信長の目に喜色の光が閃《ひらめ》く。

「物分かりの良い御主でも、さすがにこたえたか」

「私は」

躰の芯が震える。

袴を握りしめる手も小刻みに揺れていた。すでに信長の手は頭から離れている。

「竹千代っ！」

なにも言わない童に信長が言葉を放つ。

「親であろうと、しょせんは他人よ。御主は御主一人だ。儂もそうじゃ。織田も松平も関係ない。信長と竹千代。ここにあるのは、ただそれだけよ」

本当に……。

この男はいったいなにをしに来たのか。

「儂は御主に会いたいからここに来た。誰に止められても、儂は御主に会った。たとえ父に止められてもな」

「なぜ」

やっとのことで、それだけを吐き出せた。あまりにも色々なことを聞き過ぎたせいで、受け止めるのがやっとという有様である。

信長の手が、また頭をつかんだ。が、今度は乱暴に回すことはなかった。炎のように熱い手が、竹千代の綺麗に剃り上げられた頭頂に触れている。

「御主と儂は一緒じゃ」

「そんなことはありませぬ」

「一緒じゃっ！」

抗弁を断ち切るように、信長が吠えた。

「儂も織田家の嫡男という檻《おり》に囚われておる。竹千代……御主となんら変わらん。じゃが」

己を見つめているはずの信長の視線は、竹千代の頭を通り越し、はるか先の虚空に定められているようだった。

「儂はそんな物のために、己《おの》が命を捧げるつもりはない。儂は儂じゃ。誰がなんと言おうとな」

「信長殿」

「信長で良い」

この時はじめて、信長が微笑《ほほえ》んだ。これまでのような肩肘を張った笑みではない。心からの笑顔であった。

「御主は御主ぞ、竹千代」

「私は私……」

「そうじゃ」

頭に置かれた掌を伝って信長の躰から湧き上がる熱が注がれているようだった。

頬に熱を覚える。

笑う信長の顔が歪《ゆが》んでいた。

「それで良いのじゃ竹千代。悲しい時は泣けば良い」

泣いている……。

信長に言われてはじめて、竹千代は己が泣いていることに気付いた。が、恥ずかしいとは思わない。はじめて会った信長に弱みを見せているのを、心地良く思っている自分がいることに戸惑いを覚えている。

「大人たちの道具になどなることはない。御主のやりたいようにやればよい」

だが、竹千代は囚われの身である。

信長とは違う。

「よしっ！」

信長が竹千代の頭を叩く。

「街に出るぞ」

「え」

「清洲の街を見せてやる」

「でも」

「立て」

言いながら信長は立ち上がる。

座ったままの竹千代に熱い掌が差し出された。

「儂は儂、御主は御主じゃ。やりたいようにやればよい。清洲の街を見たくはないか竹千代」

「見たいです」

「ならば、細かいことは気にするな。己が道は己で決めるのじゃ。どうする」

目の前に差し出された掌から、炎が噴き上がったように竹千代には見えた。

「行きます」

竹千代は終生、この時握りしめた信長の掌の熱さを忘れなかった。

悪妻の道

風野真知雄

一

「あれにいらっしゃるのが、元信《もとのぶ》さまの正妻になられるお方ですぞ」

と、松平次郎三郎元信《まつだいらじろうさぶろうもとのぶ》（のちの徳川家康《とくがわいえやす》）の家臣である石川数正《いしかわかずまさ》が、顎《あご》をしゃくるようにして言った。その向こうには、腰をかがめて、池の魚でものぞき込んでいるらしい若い娘がいた。

「あの女が……」

会うのは初めてではない。たしか名を瀬名《せな》姫といった。今川《いまがわ》家の重臣で、用宗《もちむね》城主関口義広《せきぐちよしひろ》の娘だったはずである。関口義広は、元信の元服の際、理髪の役を引き受けてくれた人でもある。

それくらいだから、今川家の集まりのときには、その娘のことも幾度か見かけていたし、口を利いたこともある。今年の正月の蹴まりの会のときは、元信がまりを踏んで転び、万歳でもするみたいな恰好《かっこう》で頭を打つと、瀬名姫はひとしきり大笑いしたあと、

「ねえ、大丈夫？」

と、笑いを嚙《か》みしめながら、一声かけてくれたものだった。見た目よりは朗《ほが》らかで、やさしい女なのかもしれない。

「いくつなのだ？」

と、元信は数正に訊《き》いた。

「元信さまとは同じ歳だとか」

「同じ歳……」

てっきり七つとか八つほど歳上かと思っていた。だいたい女は歳上に見えるが、それでも大人《おとな》びている。

黙っているとつんと澄ました感じがする。涼やかな目と、細く高い鼻梁のせ

いで、なおさらそんなふうに見える。きれいな女だった。好みの顔立ちでもあった。自分もいずれはああいう女を妻だの側室にしたいと、ぼんやり憧れてもいた。まさか、本当に自分の妻になるとは……。元信は嬉しくて、ついにんまりしてしまった。

瀬名姫が、ちらりとこっちを見た。婚姻の話はわかっているみたいである。

だが、いかにも不安そうな顔をしていた。

そんな瀬名姫の表情を慮《おもんぱか》ることもなく、

「ふっふっふ。やりましたな、元信さま」

と、数正は元信のわき腹を軽く突いた。

ささやかな婚礼だった。ただ、今川義元《よしもと》が列席した。今川義元は、駿河《するが》、遠江《とおとうみ》、三河《みかわ》と尾張《おわり》の一部を領する戦国武将である。いずれ京に上って、天下に号令をかけるのではと、期待されている。ただ、義元の風貌は、武将というより公家に近く、うっすらと化粧までしていた。

三河の土豪であった松平弘忠《ひろただ》の嫡子元信が、その今川義元の人質となって駿《すん》府《ぶ》に来てからすでに八年が経つ。人質というと、牢に入れられていたり、ひどく肩身の狭い暮らしを送っていると思われがちだが、慣れもあるのか、元信はとくに不自由な思いはしていない。式のあいだも、勧められた酒を少しずつ飲んだり、義元の軽口に笑ったりするうち、お開きとなった。

初夜を迎えるにあたって、元信は婚礼の数日前にも、石川数正からは、妙な絵巻物を見せられたし、

「一度、稽古しておきますか?」

とも訊かれた。

「そなたとか?」

元信は訊いた。

「そんな馬鹿な。女中のおまつあたりとですよ」

「いいよ、いいよ」

と、元信は断わった。おまつが、別の家臣に尻を触られたとき、怒って歯を剝《む》き出した顔を見たことがある。いまにも嚙みつきそうな恐ろしさで、あいつとなにかをしようなどという気にはとてもなれなかった。

そして初夜の翌朝――。

「首尾は？」

と、数正が伏せた三日月みたいな目をして、訊いてきた。

「なんの首尾？」

「同じ寝床に入られたのでしょうが」

「入るかよ」

元信はへらへらと笑った。

いちおう蒲団《ふとん》が二つ並べて敷いてあった。だが、少し飲んだ酒で顔が真っ赤になっていて、それを見られるのが恥ずかしく、さっさと蒲団をかぶって寝てしまったのだった。

「ふうむ。ま、そのうち自然に入りたくなるでしょう」

と、数正は苦笑いして、

「十六になったばかりですからな」

とも言った。

数えの十六で、満年齢ならまだ十四になったばかりである。元信は、渋でも塗ったような顔色で、表情が妙に分別臭いため、見る人によっては大人びて見える。だが、十歳ほど歳上で、日常を接する石川数正からすると、元信は男女のことではだいぶ晩熟であり、無邪気そのものだった。

二

さらに、ひと月ほどして——。

石川数正はどうもまだ寝床での進展がないような気がして、

「元信さま。あれはまだ済ましておらぬので?」

と、訊いた。

「あれというと、なんだったかな?」

薄々はわかったが、元信はとぼけた。

「男女のまぐわいでしょうが。一度、しっかりお教えしたはずですが」

「ああ、あんなものは忘れた。どうやるんだったかな」

「珍宝を女の股にある穴に押し込むのでしょうよ」

数正は、まるで彩《いろどり》に乏《とぼ》しい言葉で言った。

「ああ、そうだった。それで、入れたり出したりするんだな」

「出すといっても、ぜんぶ出すのではありませんぞ。途中まででよろしいのです」

「だが、女が糞《くそ》をひったあとでないとまずいな。珍宝に糞がつくのは嫌だからな」

「元信さま。そっちの穴ではございませぬ」

「あ、そうだな。わかった、わかった。今宵はやっておくから」

元信は、手習いのおさらいでも約束するみたいに言った。

するとと数正は、

「瀬名姫さまが、痛がって泣いたり、嫌がったりするかもしれませんが、そのときは無理やりでもかまいませんぞ」

「無理やり……」

「なんなら、横《よこ》っ面《つら》をひっぱたいてでも」

「ううむ」

元信は、それはどうかと内心で思った。

この日、元信は数年前に亡くなった太原雪斎《たいげんせっさい》（崇孚《そうふ》）の高弟である寛斎《かんさい》に面会した。

雪斎は、駿河の臨済寺《りんざいじ》の住職に、京の妙心寺《みょうしんじ》の住持も兼ねるくらい、天下に名高い僧侶だった。同時に、今川家の家臣として、おもに外交を担当して、領土の保全にも多大なる貢献があった。

元信はこの名僧に、兵法などの手ほどきを受けていた。学識の凄さはなんとなくしかわからないが、いかにもやさしげで、これまでに接した人のなかでは、もっとも信頼し、尊敬できる人だった。白くなった眉毛が、目を隠すくらい伸びて簾《すだれ》のように垂れ下がっているようすも、元信には親しみを感じさせたものである。寛斎は容貌も雪斎とよく似ている。

その寛斎が、元信の内心の鬱屈を感じ取ったらしく、

「元信さま。なにか、お悩みでも」

と、訊いてきた。

「はい。じつは、今宵、妻の瀬名とまぐわうことを、石川数正と約束してしまいました」

これ幸いと、元信は正直なことを言った。

「それはそれは」

寛斎は笑うことはなく、多額の寄進を受けたときの礼のように、ゆっくりとうなずいた。

「ただ、数正は、瀬名姫が痛がったり嫌がったりしても、無理やりやってしまえと言うのです。横っ面を叩いてもいいからと。だが、わしは、そういうのはあまり気が進まぬのです。どうしたらよいか、迷っておりまして」

「そうですか。わたしは僧侶ですので、その方面についてはまるで詳しくはありませんでな。石川どのは、そちらでは百戦錬磨の猛者《もさ》でしょうから」

たしかに数正は、武芸だけでなく、女のことでも剛の者という噂《うわさ》は、しばしば耳にしてきた。

「わしは寛斎さまの考えをお聞きしたいのです」

「そうですか。わたしが思うに、やはりおなごにはやさしく接してやるのが、男としての務めに思われますがな。おそらく雪斎も生きていたら、そうおっしゃったでしょうな」

「そうですか。寛斎さまもそう思われますか……」

元信は大いに迷っていた。

三

そして、その晩――。

夜風は暖かく、やさしげだった。窓を五寸ほど開けていても、寒さは感じなかった。

ここは、今川館のなかの一室である。元服するまでは、もっと西側の一室を宛てがわれていたが、いまは離れのように造られた二室が元信夫妻の部屋となっていた。とくに見張りの者がいるでもなく、女中部屋は離れているので、瀬名姫が悲鳴を上げても、聞く者はいない。

ろうそくが一本、燭台に灯《とも》されている。八畳間全体を照らすには乏しい明かりだが、お互いの表情くらいは窺える。

炎が隙間風で揺れた。元信は、すでに敷いてあった蒲団の上に座り、

「なあ、瀬名」

と、声をかけた。

「はい」

「わしは、今日、石川数正に約束させられた」

頭を掻《か》いて言った。

「なにをでございます」

「うむ。今宵こそ、そなたとまぐわれと」

「まあ」

「しておかないと、明日もうるさく言われるのでな。面倒だが、まぐわいをす

るか」

「…………」

瀬名姫は、眉をひそめ、元信をじいっと見つめた。その視線には、突撃の合図を待つ兵士のような、緊張が感じられた。

「そなた、やり方は知っているのか？」

「いちおう」

「したことはあるのか？」

「あるわけございませぬ。知っているというより、あらましを聞いただけでございます」

「覚えているか？」

「だいたいのことは」

「では、そなたの言うとおりにするか」

瀬名姫は、

「しょうがない人」

と、小さくつぶやいて、

「まずは、お着物をお脱ぎくださいまし」

「そうだったな」

元信は着物を脱ぎ、下帯を外し、無造作に衣紋《えもん》掛けに引っ掛けた。瀬名姫は背中を向けたままゆっくり脱いでいき、さらにそれを畳んで、枕もとに置いた。

ろうそくの炎はついたままである。

座ったまま、裸で向かい合った。瀬名姫の身体《からだ》は真っ白で、見慣れない凹凸や突起があった。きれいなものだと思った。元信は視線を下に向け、

「凄《すご》い毛だな」

そこを指差して言った。黒々とした毛が、熊の手の甲くらいの広さで生えている。それは瀬名姫の身体の充分な成熟を示していた。

「そんな」

瀬名姫は両手を顔に当てた。

「見てみよ。わしなんか、これしかないぞ」

と、元信は自分のものを指差した。付け根のあたりに、カビと間違えそうな

和毛《にこげ》が、ぽしゃぽしゃと生えていた。

「ぷっ」

と、瀬名姫が噴《ふ》いた。

瀬名姫が笑うと、元信も笑った。しばらく二人で笑った。無邪気な笑いだが、笑い合うと、だいぶ緊張が解けてきた。

「だったら、きれいな身体だな」

「だが、撫でてくださいまし」

瀬名姫がかすれた声で言った。

「どこを？」

「乳とか、いろんなところを」

「わかった」

元信は手を伸ばし、瀬名姫の乳を撫でた。身体がぴくぴくして、大きく身をよじるようにした。

「嫌なのか？」

「いえ」

どうやら、ずいぶん気持ちがいいらしい。瀬名姫の息が荒くなるのを感じながら、あちこちを触っているうち、元信は股間がむずむずしてくるのを感じた。そのむずむずは初めての感覚ではなかった。勃起が始まっていた。

勃起は何度も経験している。それは、一年ほど前から、今川館の端にある桜の幹のところに行くと、必ず起きることだった。幹に珍宝を押し付けると、ひどく気持ちがいいのも知った。さらに幹に両手を回しながら、腰をくいくいと動かすと、ますます快感は高まり、ついに珍宝の先から粘りのある液が発射される。そのときは、いつも、

「あっ」

と、声も出てしまう。

元信はいままで、これは桜の幹に対して起きる不思議な気持ちなのだと思っていた。だが、いまようやく、勃起というのは、桜の幹相手ではなく、女の身体に向けられる現象なのだと、初めて理解したのだった。

元信は硬くなった珍宝を瀬名姫に見せ、

「これを入れるのだったな」

「ええ」

瀬名姫はうなずき、覚悟を決めたように足を開いた。ろうそくの明かりでは、はっきり見えないが、襞《ひだ》のかたまりみたいなものはわかった。

元信は手を添え、槍でも突くように、その襞の奥めがけて、

「ここか」

と、突き立てた。珍宝の先にぬるりとした感触はあったが、

「あ、痛《いた》っ」

瀬名姫は、顔を歪めて腰を引いた。

「痛いのか？」

「はい」

「どこか、ほかに痛くない穴はないのか？」

「そんなものはありませぬ」

「では、無理やりやるしかあるまい……」

「無理やりですか？」

瀬名姫は恨みがましい目で元信を見た。

一瞬、迷った。女のことでは百戦錬磨の石川数正の言に従うか、天下の名僧太原雪斎の教えを受けた寛斎の言に従うか。

元信は考えた挙句に、

「いや、無理やりはせぬよ」

と、やさしく言った。

「嬉しいです」

「そういえば、数正からは唾をつけるといいと言われたっけ」

元信は数正に教えられたことを思い出し、珍宝が光り出すほどたっぷりの唾をつけて、ゆっくりと押し込んでいった……。

四

徳川家康は、後年、若い愛妾を抱いたりしているさなか、ふと、遠い風の音を聞いたように、このときの顚末《てんまつ》を微苦笑とともに思い出すことがある。

後に築山殿《つきやま》と呼ばれる瀬名姫は、詳述は避けるにせよ、名門の生まれを鼻にかけた高慢ちきな悪妻という評価を恣《ほしいまま》にし、さらには家康の命によって、暗殺されてしまうという哀れな末路をたどることになる。

だが、もしもあのとき、若き元信が横っ面を叩いて、無理やりことをなすような初夜を過ごしていたら、築山殿はその後、あれほどの悪妻という汚名をかぶされることはなかったのではないか。

さらには、追い詰められた家康から、暗殺の命を下されることも避け得たのではないか。

――もしかしたら、未熟な男のやさしさこそ、逆に女が悪妻の道をたどる要因になってしまうのではないだろうか……。

若い妾《めかけ》が、家康の巧みな愛撫が止まったのに気づいて、

「大御所さま、どうなさいました？」

と、訊いた。

家康はハタと我に返ったように顔を上げ、

「なんでもない。ちと、疲れただけじゃ」

と、言った。

じっさいそれは、家康が過去を振り返るたびに味わう、疲労感に近い苦渋の気持ちだった。

生《な》さぬ仲

砂原浩太朗

武者窓から午後の日が差しこみ、古びた板の間を照らし出している。久松弥《ひさまつや》九郎《くろう》は、眼前に坐す若武者の横顔を食い入るように見つめた。齢は二十歳《はたち》ほどだろう、いくぶんくたびれた丹塗《にぬ》りの具足をまとい、木葉鍬形《くわがた》の立物を打った兜《かぶと》は脱いでかたわらに置いている。

若者と向かい合っているのは、おのれの妻・お大《だい》だった。晴れて対面できたというのに、ふたりとも先ほどから黙り込んだままでいる。胸が詰まってことばも出ないのだろう、というくらいはむろん察しがついた。

松平元康《まつだいらもとやす》、というのが若武者の名である。お大が最初の嫁ぎ先でもうけた男子だった。弥九郎からすれば継子《ままこ》ということになる。

戦国の世にしばしばある話とはいえ、この母子のゆくたては哀切というほかない。お大は刈谷《かりや》城主・水野忠政《みずのただまさ》の娘だが、十四歳で岡崎《おかざき》城主・松平広忠《ひろただ》の妻となった。ともに駿河《するが》の今川義元《いまがわよしもと》に属する両家が紐帯《ちゅうたい》を強めるためである。翌年には嫡子・竹千代《たけちよ》すなわち元康にめぐまれたものの、嬰児《みどりご》が物ごころつかぬ間に離別を余儀なくされた。

実家の跡を継いだ兄が織田《おだ》に付いたため、今川をはばかった夫・広忠に離縁されたのである。織田方の将である弥九郎のもとへ嫁いで来たのはその三年後だが、口にこそ出さね、わが子へ思いを残していることは常に感じていた。

——あまり似ておらぬな。

元康の貌《かお》に妻の面影を見出そうとしている自分に気づく。お大は下ぶくれで色が白いが、元康は浅黒く引き締まった顔立ちをしている。父親似なのかと思ったが、戦場往来をするうち日に焼けたのかもしれなかった。

「ようやくおめもじ叶い」若者がおもむろに唇《くちびる》をひらく。「この元康、多年の宿願を果たせた思いにて……」

そこまで口にしたところで、うつむいて臑《すね》のあたりを握りしめる。お大も頷《うなず》きながら、しきりと目もとを拭っていた。なにしろ十六年ぶりの対面である。元康はもちろんだが、お大も心もちとしては初めて会うにひとしいだろう。込み上げてくるものの大きさは窺い知れなかった。

父を早くに亡くした元康は今川の本拠・駿府《すんぷ》で人質としての暮らしを送っていたが、五年まえに元服し、いっぽうの将となって頭角をあらわしつつある。故地である岡崎はなかば駿河衆の属領と化しているが、こたびは今川軍の先鋒をつとめていた。弥九郎のあるじたる織田上総介信長《かずさのすけのぶなが》を討つべく、二万五千の大軍が尾張《おわり》に向けて出陣したのである。元康は囲まれていた大高《おおだか》城に兵糧を入れたのち、織田方の丸根《まるね》砦を陥した。それがつい今暁のことになる。

げんざい元康が軍勢を留めている大高城は、ここ阿久比《あぐい》の坂部《さかべ》城から四里足らずの近さにあった。とうぜん見張りは怠っていないから、城に入った敵将がお大の子・元康らしいとは承知している。いくばくかの感慨を覚えたのも事実だった。

が、この城を訪れたいという使者があらわれたときは胆を抜かれた。生き別れた母に会いたいと思う気もちはごくしぜんなものだが、言うまでもなく、ここは敵方の城である。いまは階下のひと間で待たせているが、供廻りも四、五人という少なさだった。もっとも、大軍で押し寄せられたらこちらも招じ入れるわけにいかぬから、その辺は思案の上なのだろう。大胆というべきか無分別というべきか分からなかった。

気がつくと、それなりのへだたりを置いていたはずのお大と元康が、いつしか膝《ひざ》を合わせるほどに近づいている。心なしか、互いを見やる瞳が潤みをおびているようだった。

「――お顔に傷が」

声に驚きの色を滲ませ、お大が息子の面に手をのばす。元康はつかのま身をすくめるようにしたが、

「古いものでございます」

と応えたのみで、されるままになっていた。

言われてはじめて分かるくらいだが、若者の額《ひたい》にひと筋の線が、うっすらと刻まれている。当人のいう通り、ごく古い傷痕のように思われた。

お大がにわかに目を伏せる。肩のあたりが小刻みにふるえていた。元康は額に当てられた母の指さきを包むように押さえたものの、戸惑い顔を隠せずにいる。

「いかがなされました」

母上、と言いかけて喉の奥へ呑みこんだ。その心もちは分かる気がする。十六年ぶりに会ったうえ、義父が同席していては、すんなり母と呼びかけられる方がめずらしい。いずれにせよ、あとで座を外すつもりではあった。

するうちにもお大の肩から背にかけ、揺れが激しさを増している。傷がどうしたのじゃと問いかけそうになったとき、

「わたくしが岡崎を去るとき……」

妻がかすれた声を洩らした。「ようやく歩きはじめたばかりのあなた様が、駕籠《かご》を追ってこられまして」

まだ足もともおぼつかぬころだから、とうとう転んで額を切ったのだといい。血を流しながら泣くわが子を抱くこともかなわず、そのまま十六年の別れとなったのだった。

「さような謂《いわ》れが」

元康はむろん覚えていないらしく、見開いた目にあらわな驚愕を浮かべている。お大がことばもないまま、いくども首肯した。どちらからともなく抑えきれぬ嗚咽《おえつ》がほとばしったところで、弥九郎は立ち上がる。そのまま場を離れ

た。

階《きざはし》を下りたところで、胴丸を着た四十がらみの武士が近づいてくる。腹心の平野久蔵《ひらのきゅうぞう》だった。相手が口をひらくまえに、こちらから低めた声をかける。

「まだじゃ。合図を待て」

はっ、と応えて久蔵が跪《ひざまず》く。弥九郎は腕組みをして武者窓の外を見つめた。

小楢《こなら》と椎《しい》の林を擦りぬけた陽光が、まばゆく目を射る。息苦しいほど濃い緑の匂いが城のうちまで流れこんでいた。

――赦《ゆる》せ。

と詫《わ》びるほど、弥九郎もお人好しではない。いくら母に会いたいからとて、たった数人の供廻りで敵地へ乗り込んでくる方がどうかしている。殺してくれといっているに等しかった。お大の胸中を考えれば忍びぬものはあるが、大将首ひとつが労せずして手に入る。この機を逃がす武士などいるわけがなかった。

とはいえ、妻の眼前で殺すほど酷《むご》いわけでもない。政略で結ばれたのは事実だが、夫婦仲もわるくはないし、ことに閨《ねや》での相性がいい。心もちを閉ざせば、しぜん身も閉じる。白く弾むようなあの軀《からだ》を失いたくはなかった。

——元康が城を辞したすぐあと。

と見当をつけている。お大には、野伏《のぶせり》にでも討ち取られたらしいと告げるつもりだった。それまでどのようにして馳走するかだが、

——そうだ。

とっさに閃《ひらめ》いたものがある。面を動かし、跪いたままの久蔵に目を向けた。ことさら何げない口調で命じる。

「もうしばらくしたら、三郎太郎《さぶろうたろう》たちを連れてゆけ」

言いながら階上へ向けて顎《あご》をしゃくる。むろん元康とお大のところへ、という意味である。久蔵は戸惑いながらも、承知の声を発して立ち上がった。胴丸姿が去った後にはじけるような光がこぼれ、無数の塵《ちり》がそのなかで舞っている。

三郎太郎というのは、お大との間にできた長子で九歳になる。その下に六歳と生まれたばかりの男子もいた。半分とはいえ血のつながった弟たちである。

最後に会わせておくのも功徳だろうと思った。

　半刻ほどして上へあがろうと階に爪先をかける。二、三歩足を進めたあたりで、頭上から賑《にぎ》やかな笑声が降りそそいできた。

いくぶん早足となって上階へ向かう。床板に蹠《あしのうら》を置くと同時に、三郎太郎が駆け寄ってきた。顔中をくしゃくしゃにして飛び跳ねている。

「兄上に遊んでいただきました」

「わたくしも」

　六歳になる源三郎《げんざぶろう》も近づき、兄に負けじとばかり声を張り上げる。具足姿の元康が赤子をあやしながら微笑をたたえ、弥九郎に会釈《えしゃく》した。お大は息子たち四人にかわるがわる眼差しを向け、満ち足りた笑みを浮かべている。

　胸の奥がにぶい痛みを帯びる。三郎太郎たちを引き合わせたのは間違いだったのかもしれぬ。が、情に流されるつもりはなかった。

　目が痛いほどだった日ざしはいつの間にか翳《かげ》り、瓦《かわら》を打つ雨の音がにわかに耳を叩く。窓の向こうへ視線を飛ばすと、黒く濁った雲が空いちめんを覆っていた。

「ずいぶんと強い降りになり申したな」

かたわらに腰を下ろしながらいうと、元康が白い歯を見せてかぶりを振った。

「にわか雨でござろう。じき熄《や》みましょうから、そのおり引き上げようと存ずる」

えっ、兄上まだお帰りにならないでくださいと弟たちが声をそろえる。元康はおだやかに微笑みながら、ふたりの頭を撫でた。

「また参ろう、父上がお許しくださるなら」

息子たちがいっせいに弥九郎の面を見つめる。こちらが何か発するまえに、

「父上」

「兄上とまたお会いできましょうや」

恐いほど真剣な眼差しで詰め寄ってきた。口中に苦いものが湧くのを覚えたが、呑みくだして告げる。

「……つぎは泊っていただこうかの」

歓声をあげる二人から目を逸らし、空模様をうかがう体で今いちど窓の外を眺める。雨は激しさを増し、煙るような水しぶきが部屋のうちまで吹き込んでいた。

――駿河衆も難儀しておろう。

弥九郎に課された務めは大高城の牽制だから、今川本隊の動きが逐一入ってくるわけではない。義元が昨日、沓掛《くつかけ》城に到着したことは確かだから、今日は桶狭間《おけはざま》山のあたりまで陣を進めているのではないかと思われた。斥候《せっこう》は出しているから、じきに戻ってようすを伝えてくれるだろう。元康はとうぜん承知しているに違いないが、さすがに問うたりはせぬ。この若者も敵味方の分は心得ているはずだった。

「――では、そろそろお暇《いとま》いたそうと存ずる」

元康が腰をあげたのは、もう半刻ほど経ったのちのことである。先ほどの見込みが当たったらしく雨はすでに熄み、禍々《まがまが》しいほど黒ずんでいた空の色もずいぶんと褪《あ》せている。どこからか薄日さえ差しているようだった。

――いよいよか。

おもわず唾を呑みこんだ。喉の鳴る音が聞こえはしなかったかと案じたが、耳に留めた者がいるわけもない。

口々に不満を洩らす弟たちをなだめながら、若武者が容儀を正して母に挨拶《あいさつ》を述べる。お大もむろん名残り惜しげではあったが、どこかほっとしたような気配も漂わせていた。息子が敵方の将であることは忘れていなかったらしい。ぶじ対面が終わって安堵しているのだろう。

――すまぬ。

結局、一度だけこころで詫びた。この櫓《やぐら》から出たあと、出立するまでのあいだに仕留めるつもりでいる。見送りに出るといわれたら厄介だと思ったが、さいわいそのつもりはないらしい。いまは非常の刻である。城主の奥方が軽々しく外へ出てよいものではなかった。

「久松どの」

ふいに呼びかけられ、背すじが跳ねそうになる。すでに兜をかむった元康が、丁重にこうべを下げていた。「ご厚情は忘れませぬ。織田今川と別れてはおりますが、縁《えにし》深き我ら。これからはなお一層のご交誼を願い上げまする」

聞きようによっては内通を勧めているとも取れる口上である。が、若者はじきこの世の人ではなくなるのだった。交誼云々はさらりと流すことにする。

「なに、母子が相寄ろうとするはひとの本然。当たり前のことを為したまで」

おれもよく言う、と自嘲に似た思いが胸をかすめたが、本然というなら、ここで元康を討つのが武人のそれであろう。わずかな疚《やま》しさは覚えたが、心もちが揺らぐことはなかった。

連れ立って階を下りてゆくと、元康の供廻りが数人、わらわらと集まってくる。やはり主君の身を案じていたのだろう、ひとしなみに険しかった面もちが、いくらか緩んだようだった。元康もめいめいに声をかけ、安堵を促している。

櫓の外には、すでに岡崎衆の馬が引き出されている。元康の乗馬は栗毛のようだった。馬を引いているのは弥九郎の配下で、いずれも腕に覚えの者たちである。

かたわらに控える平野久蔵が目くばせを送ってくる。弥九郎はしばし待てというつもりでさりげなく首を振ると、いま出てきた櫓を仰いだ。

傾きはじめた陽差しが、黒光りする瓦のあちこちで躍っている。武者窓の奥に人影がいるかどうかは確かめられなかったが、かなうことなら見送りたいというのが人情だろう。ここでは殺《や》れぬと思ったが、馬に乗せては逃げられる目が増えてしまう。

「そこまでお送りいたそう」

手ずから栗毛の轡《くつわ》を取り、城門までゆるやかな坂をくだる。馬を引くとは臣従の意でもあるから、破格の振る舞いといえた。城主であり義父でもある男にこうまでされては、跨《また》るわけにもゆかぬだろう。思惑どおり元康は、

「これは痛み入り申す」

と低頭し、弥九郎のあとに徒《かち》でついてくる。他の者たちもそれに倣《なら》った。下り切ったところで振り向いたが、生い茂る赤松に遮られ、小ぶりな城そのものが視界から隠れている。見守っていたとして、お大たちからもこちらの姿は望めなくなっているだろう。

あたりには青々とした田圃《たんぼ》が広がっているだけで、さいぜんまで雨が降っていたせいか人影もない。弥九郎は、大きくひとつ頷いてみせた。久蔵が心得た

というふうに顎を引く。そのまま大刀の柄に手を伸ばし、ずいと一歩踏み出した。

「うっ――」

久蔵の喉から蛙《かわず》をつぶしたような声が洩れる。刃を抜こうとした手を、元康のたくましい拳《こぶし》がすばやく押さえていた。岡崎衆がすかさず抜刀し、ほぼ同時に抜き放った弥九郎の配下と睨み合う。

「やはり、そう来られたか」

元康が皮肉げに頰《ほお》を歪《ゆが》める。先ほどまで母や弟たちと無邪気に笑い合っていた男とは思えぬ、冷徹そのものというべき表情だった。

「責めはいたしませぬ」面もちは崩さぬまま、しずかに語を継ぐ。「乱世の習いというものでござろう」

「……みごとな覚悟」いつのまにか唇がひどく乾いている。弥九郎は塞がりかけた喉をこじ開けるようにしていった。「が、いささかお軽忽《きょうこつ》でござろう。そこまで承知で、なにゆえ死地に赴かれしか」

「それは――」元康が伏せぎみにしていた瞳を上げる。おもわず目を逸らしそうになるほど強い視線だった。「御身を我があるじの味方とせんがため」

「馬鹿な」

気圧《けお》されそうになりながら、はげしくかぶりを振る。「今川と手を結ぶ気はござらぬ」

「さにあらず」若者の唇が、ひどく愉快げなかたちをつくった。「松平蔵人佐《くらんどのすけ》元康の味方という意味にて」

「えっ」

腹の奥から頓狂な声が零《こぼ》れ出る。目のまえの男が何をいっているのか、まるで分からなかった。

「ご挨拶が遅れまいた」元康が笑声を洩らして、低頭する。「岡崎留守居・鳥《とり》居忠吉《いただよし》が一子、彦右衛門元忠《ひこえもんもとただ》と申しまする」

げっ、というような呻《うめ》き声がいっせいに起こる。むろん、阿久比衆のあげたものだった。皆いちように呆然とした表情をたたえ、構えた刃を握る手から力が失われている。が、元忠と名のった若者は、さして勝ち誇るふうもなく、涼やかな面もちとなって告げた。

「それがしを討っても、さしたる手柄にはなりませぬ」

腰から下の力が抜け、自分が立っているのかどうかも定かでなかった。元忠がいくぶん気の毒げな眼差しを向けてつづける。

「四里足らずのところまで来れば、生き別れた母に会いたきは人として当然。されど今それを為すは、仰せのごとく軽忽というほかござらぬ」

「…………」

「御母堂様まで欺《あざむ》くはまことに心苦しけれど、ゆえにそれがし、殿に成りすましてご様子をうかがいに来た次第」

たしかに、この城で元康の顔を知る者は一人もいない。じつの母なるお大とて、歩きはじめたとき以来の対面となれば、見分けのつくはずもなかった。似ていない母子と感じたのも道理というべきだろう。

「あるじ元康、長らく今川の手下《てか》に甘んずる気はございませぬ。いずれは乱世へ大きく踏み出す慮《おもんぱか》り。そのときこそ、ご母堂様の縁をよすがにご当家と――」

「そこもとを……否、元康どのを討とうとした我らとか」

かろうじて絞り出した声が、はっきりと掠《かす》れている。元忠は微笑をたたえたまま、うなずき返した。

「もののふとして、ごく当然のお振舞い。我があるじからも、しかと申しつけられております」

「申しつけ……一体なんとじゃ」

ふいに、若武者の唇から笑みが消えた。気がつくと、瞳に驚くほど酷薄な影が浮かんでいる。その面もちのまま、ごく平坦な口調でつづけた。

「いちどは見逃せ、と」

おのれの目が大きく見開いたのが分かる。よく見ると、元忠の手がさりげなく大刀の柄に伸びていた。返答次第では、こちらを斬り捨てるつもりに違いない。ぶじ逃げおおせるとは思っていないだろう。

無礼極まる妄言ともいえるが、さほど腹立たしさを覚えぬのはふしぎだった。少なくともこの若者とあるじ元康は、今川の軛《くびき》に繋がれたまま終わる行く末をまったく思い描いていないらしい。若さゆえの過信といってしまえばそれまでだが、どこか羨《うらや》ましくもあった。弥九郎は、きつく眼《まなこ》を閉じ、ゆっくりと開く。肚の底からふかい吐息が洩れてきた。

「――承知した。以後、能《あた》うかぎりお力となるであろう」

考えることもなく、ことばが滑りだしていた。久蔵が、殿っ、と諫《いさ》めるような声を発したが、右手を挙げて留める。元忠が安堵した体で大刀から手を離した。こちらも刀を引くよう、配下の者に目で促す。

「ご武運を祈り上げる、と元康どのにお伝えくだされ」

弥九郎のことばに、若武者がふかぶかと腰を折る。供廻りの者たちもいっせいに倣った。すばやく馬上となった元忠に、わざと皮肉まじりの声をかける。

「つぎはご本人と見《まみ》えるのを楽しみにしておる」

若武者が、にやりと笑って馬腹を蹴る。残りの者が後につづき、踏みしだかれた夏草の匂いだけが残った。いまだ呆然となっている配下に声をかけ、城へ向かって踵《きびす》を返す。

ようやく息をついたものの、唇がしぜんと苦いかたちを取った。息子でなかったと知ったら、お大はさぞ驚くだろう。罪なことをする、と感じたのである。

——待てよ。

踏み出した足がにわかに止まる。ひとつ説明のつかないことがあるのに気づいたのだった。お大は若者の傷を見て、頑是《がんぜ》ないころ付いたものだと言っていた。あのときは弥九郎も胸に迫るものを覚えたが、

——たまたま同じところに傷を負うなど、ありうるだろうか。

このことである。いささかあやふやな記憶ではあるが、元忠じしん、お大の言に戸惑っていたようすだった。

——まさか……。

胸をよぎった想像に目の眩《くら》むごとき心地が降りかかる。妻がなにもかも察して話を合わせていたとしたら、と思った。否と言いたかったが、何百回となく肌を合わせていても、女という生きものには底の知れぬところがある。いずれにせよ、問いただしたところで返ってくる応えは知れていた。

長いこと立ち尽くしていたように思えたが、じっさいは十数えるほども経っていなかっただろう。殿、いかがなされました、と呼びかける平野久蔵の声が、背後から近づいてくる馬蹄の響きに掻き消された。

げる。

元忠たちが引き返してきたのかと思ったが、葦毛から飛び降りたのは、今朝がた出しておいた斥候だった。汗にまみれた面をあげ、しゃがれた声を張り上げる。

「織田上総介さま、桶狭間にて敵将・今川義元を討ち取られましたっ」

周囲にどよめきの声があがる。その渦のなかで、弥九郎の心もちはふしぎなほど波立たなかった。あの若者たちは、やはり乱世に踏み出してゆくのだなという思いだけが胸に満ちてくる。

夕刻に近づいているのだろう。草いきれを孕《はら》んだ斜光が、田の緑を薙《な》ぐようにして差し込んできた。右手を上げ、瞼《まぶた》のうえにかざす。目を開けていられないほど強く、ほの赤い日ざしが、弥九郎の全身を覆っていた。

三河より起こる

吉森大祐

「な、なに。瀬名姫《せなひめ》様が本證寺《ほんしょうじ》の茶会に出たと？　すりゃ真《まこと》か？」

与七郎《よしちろう》（石川数正《いしかわかずまさ》）は驚きの声をあげた。永禄七年初春、岡崎城の暗い廊下の片隅で本多忠真《ほんだただざね》の顔を睨みつけ、与七郎はさらに聞く。

「――殿に申し上げたか？」

「いや。殿は上機嫌で七之助《しちのすけ》（平岩親吉《ひらいわちかよし》）と酒を酌《く》んでおったゆえ」

「よくわしだけに打ち明けてくださいましたな」

「下手な動きはできん。智慧者の貴様に意見を聞きたいと思ったのよ」

昨年秋に勃発した三河の一向一揆において、与七郎の石川家も忠真の本多家も勢力が二分されている。与七郎の父康正《やすまさ》は熱心な一向宗の信者で、本證寺の空誓《くうせい》上人に逆らうことはできない。一揆側に与力するとして寺に籠っている。ここに父と与七郎は敵と味方に分かれることとなったのだ。

「なんなのだ！」

与七郎は腹を立てた。この難しい時に、あの女は何をしてくれておる。

「瀬名姫様にお会いしてくる――」

与七郎は、瀬名の在所である城外の御殿《ごてん》に急いだ。

瀬名姫は今川《いまがわ》家の武将関口親永《せきぐちちかなが》の娘で、亡き今川義元《よしもと》の姪であった。弘治三年、義元の命により駿府で人質生活を送っていた同い年の殿――すなわち松平《まつだいら》元康《もとやす》と結婚した。十六歳であった。すぐに嫡男竹千代《たけちよ》（のちの信康《のぶやす》）が生まれている。

その後、元康は十七歳で初陣を飾り、十九歳で今川方の武将として桶狭間の戦に出ると、そのまま各地を転戦して駿府へは帰らなかった。そして、じわじわと今川から離れる政策をとる。尾張の織田信長《おだのぶなが》と同盟を結び、永禄六年、今川義元に由来する元の字を捨てて『家康《いえやす》』と改名した。

これに怒った今川氏真《うじざね》は、駿府に残っていた三河の人質を惨殺したが、瀬名は縁者であったからか、処刑が保留された。

それを去年、与七郎が単身駿府に乗りこみ、取り返してきたのである。

（あんなにうまくいくとは思わなかった）

実は与七郎、駿府に行く時は死ぬつもりだった。

駿府には瀬名の他に、家康の息子の竹千代、娘の亀姫《かめひめ》が残されていたが、それ以外の家臣は処刑されていた。誰も殉死しないと、三人は三途《さんず》の川を渡れないことになる。一緒に死ぬサムライが必要であった。

しかし奇跡的に、三河衆の政事工作、氏真の思惑、与七郎の交渉など、すべてが上手く嚙み合って、瀬名と子供たちを奪還することができた——。

三人を岡崎に引き取る道中の瀬名の横顔を思い出す。

(何を考えておるのかわからぬ表情《かおつき》であったことよ。命が助かって喜ぶのでもなく、つるりと白磁のような美しい顔で恬淡《てんたん》としておった)

あのとき、輿に揺られながら、瀬名は魂の抜けたような声で言った。

「三河か——。何もない田舎であろうよ」

「そのようなことはございません。殿が生まれた城があり、譜代の者どもがおります。岡崎は古来、東海道の要衝でございます」

「ふん」

瀬名は鼻を鳴らした。

「岡崎など聞いたこともない。駿府を見よ。亡き義元様の御指図により、京よりたびたび都人《みやこびと》を招き、寺社から町組、祭礼から食餌《しょくじ》まで都ぶりに整えた町だ。海が近く水も豊かで山も美しい。それに比べれば岡崎など埃《ほこり》臭い宿駅であろう。それに」

「それに？」

「殿は、私を、お見捨てになられた」

「え？」

「私など駿府で殺されてよいと。それより岡崎の城が大事だと申された。そのような男の元に移らねばならぬとは情けない」

「御台様。御家大事は武家のならいにございます。かくいう殿も、数え六歳で熱田に幽閉されたおり、身代《みのしろ》を寄こせという織田の申し出を、広忠公《おおとの》に断られた。家こそ大事、嫡男の命など勝手にしろということです。それは当たり前のこと」

「私は夫に大事にされたいわ。そのような修羅の元に行くのかと思うと気が重い」

「そうではござらん。殿は御台様を大事に思われてこそ、拙者を駿府に差し向け、此度《こたび》の交渉をさせたのではありませんか」

「ふん」

瀬名は、与七郎をバカにしたように見た。

「相分かった――。せいぜい、殿の御心に従いましょう」

あれから一年も経っていない。

御殿に着くと、与七郎は控えで待たされた。

白湯《さゆ》を持って出て来たのは、瀬名のお付きの下女お勝《かつ》である。お勝は三河池鯉附《ちりふ》宿の祠官の娘だったが、小柄で色が浅黒く目も髪も黒々とした元気な少女だった。そして実は、家康がこのお勝を所望であった。それを与七郎は弁《わき》まえている。

(瀬名姫様に知られぬように、この娘を殿の臥所《ふしど》に召さねば――)

気位の高い瀬名に知られれば面倒である。

「お勝――」

与七郎は聞いた。

「御台様が本證寺の茶会に出席されたとか——真か」

「真にございます」

「なぜ、そんなことになったのだ？」

「この屋敷に、妙西尼《みょうさいに》様と於妙《おたえ》様のお使いがありまして」

妙西尼は、与七郎の叔父である石川家成《いえなり》の生母で、家康の母於大《おだい》の方《かた》の妹にあたる。熱心な一向宗の信者であった。また於妙は家康を裏切って一揆側についた本多弥《や》八郎正信《はちろうまさのぶ》の妻である。与七郎はぞっとした。女の会合を装った裏で本多正信が糸を引いていたとなれば、ただごとでは済むまい。

「して、どのような茶会であったのだ？」

その問いに、お勝は、一瞬戸惑いの表情を見せたが、与七郎は何といっても瀬名を救った英雄であり、家康の側近中の側近である。鋭い目で睨まれて、観念したように説明した。

「はい。最初は離れにて、女衆のみの茶会でございました。そこではやはり、昨今の国の乱れの話が出たそうです。今や三河で身内に戦死がないものはおりません。蔵や家が焼かれ田畑も荒れております。いつまでこのような混乱が続くものかと」

「ふむ。それだけか」

「茶会が終わると書院に移って懐石となりました。そこに吉良《きら》殿がお待ちでした」

「き、吉良！」

思わず与七郎は倒れそうになった。吉良義昭《よしあき》は岡崎城の南に位置する東条城の城代である。城代を命じたのは今川だった。三河において家康の軍勢が精力的に戦を重ねて支配力を増していくと、その対応に苦慮していた。此度の一向一揆では、家康から三河を取り戻すべしとして寺側についている。今川の血縁である瀬名姫と、今川に恩義がある武将が結びつき、一揆側に加わればどのようなことになるか。

「そこで密談があったというのか？」

「さあ。あたしたち下のものにはわかりません。ですが半刻も過ぎぬうちに御台様から『帰りますよ』とお声掛けがあり、屋敷に戻ってきた次第でございます」


お勝が部屋を去った後、与七郎は、これは大変なことになったと思った。

そのとき遠くから、ぶおお、ぶおおおー、と法螺貝《ほらがい》の音が聞こえた。

大久保《おおくぼ》党の呼び貝である。

家康がいる岡崎城と本證寺の間に、大久保一族の屋敷がある。堀を巡らせた本證寺の寺門が開いて僧兵や一揆衆が押し出てくると、監視している大久保党が岡崎城に知らせるために法螺貝を吹くのだ。それを聞いた城方は、ほい来た、今日も戦か、と立ち上がり、槍やら刀などを持ってぞろぞろと城を出てくる。

一揆衆は、その中に騎乗の家康の姿を見ると、

「あれまァ、今日も御大将様がやって来た。くわばらくわばら」

などと言って、蜘蛛《くも》の子を散らすように田圃の中を逃げてしまう。――こんなことをほぼ毎日、半年も続けているのである。

国が二分されているだけに一気に制圧もできず、一進一退の攻防が続き、双方疲弊していた。特に一揆側は石山本願寺からの支援が届かず、かなり苦し

い。対して城方はやや優勢であった。こちらはともかく与力が若かった。おしなべて一揆側には頑固な年寄りが多く、家康側には十代二十代の若者が多かったのだ。

「はっはっは。一向衆に攻められて家康も終わりよなどという噂もあるようだが、なんのなんの。これを機に国内の煩わしい老人どもを一掃し、われらで新しき三河を作ろうではないか！」

家康は放言して憚らない。

その家康を城方では、筆頭家老となった本多忠次《ただつぐ》を中心に、本多忠勝《ただかつ》、内藤正成《ないとうまさなり》、榊原忠政《さかきばらただまさ》、大久保忠勝《ただかつ》など一騎当千の荒武者どもが囲んで離さない。今は苦しくても三河を統一すれば、その勢いを駆って一気に今川を攻め滅ぼし、遠州、駿河までを手に入れることも夢ではないのだ。そんな大事な時に正妻がいったい何をやっているのか。憤懣やるかたない気持ちで待っていると、奥から廊下を渡る音がして、侍女に傅《かしず》かれた瀬名姫があらわれた。

「与七郎、大儀」

桜の小袖に身を包んだ瀬名は上座に座り、ゆったりと言った。

相変わらず、輝くように美しい。

「今日もいつもの戦ではないのか？　さきほど大久保の貝が聞こえたぞ」

「は――。御台様に、急ぎ確かめたきことがあり」

「なんじゃ」

「御台様が本證寺の茶会に誘われ、出席されたとの噂がございます。真なりや？」

それを聞いて、瀬名は遠くを見るような顔をしたが、やがて言った。

「その通りじゃ。何の問題があろう」

「困るではありませんか、拙者が命がけでお救いした正室《みだい》ともあろうお方が、一揆方の茶会に出るとは。殿の御耳に入れば大変なことになります」

「そうかの」

「そうかの、ではございません」

「――私は、お前の義祖母様《おばば》（妙西尼）に誘われて気晴らしに出かけたのみ。義祖母様は幼き砌《みぎり》の殿を養育されたこともあるおかた。その誘いを断れようか」

「そうは言いましても！」

「それに、今の殿は、瀬名のことなど心の隅にもありましょうや？」

「殿はいつも正妻たる瀬名様のことをお気にかけてございます」

「嘘――」

瀬名は笑う。

「三年ぶりに殿のお顔を拝見して驚きました。あのひと、駿府で人質だった頃とまるで違う。顔がきらきらと輝いて、目がくろぐろと見開かれて――。まるで別のひとのようでした」

その時、遠く丘の向うから、わあああ、という男たちの叫喚が聞こえた。ひひんと馬の嘶《いなな》く声。ぱあん、ぱあん、と鉄砲の音。城外で小競り合いをやっているのだ。またサムライが五人十人と死ぬのだろう。

「御台様、今は御家の大事でございます。国は乱れ、民心は荒れております。幸いにも殿は幼少の頃からご英明。神命を奉じて世を治めるは今」

「嘘です」

瀬名は言った。

「殿は楽しいだけです。気の合う男同士で、わいわい野に出て、気に食わない連中を殺す。それによって、昨日より今日、今日より明日、自分の権力《ちから》が大きくなっていくのがわかる。それが楽しくてしかたがない。それだけです。なんでも殿は桶狭間以来、十日と空けず戦に出ているというではありませんか」

「は――。ゆえに三河武士は殿に心酔しきっております。殿は城の奥に収まっておる臆病者ではござらん」

「乱暴に過ぎます。今の殿は戦のみ。それ以外は眼中にない。なぜ民草《たみくさ》が一向宗を信じるのか、なぜ仏に縋《すが》るのか、下々の苦しみなどわからない」

「そんなことは」

「正妻の私のことも眼中になく、配慮が足りません。せいぜい女も、戦場で滾《たぎ》った血を鎮めるための生薬《くすり》ぐらいにしか考えていらっしゃらないのでしょう。なんですか、毎晩下女を寝所に呼ぶというではありませんか。この屋敷の女にも手を出そうとしているとも聞きます」

しし、知っておったのか――与七郎は思ったが、眉一つ動かさぬ。

「殿は、お若くありますゆえ」

「正妻は私です。それなりの扱いをしてもらわねば困ります」

与七郎は思わず黙った。

「あのひとは何もわかっていない。力に任せて遮二無二やればいいと思っていらっしゃる。今のままなら、どこかで高転びに転びましょう――」

それを聞いて、与七郎は内心驚いた。

実は、与七郎の家康評も、同じだったからだ。

家康は間違いなく英明である。だが今は念願だった独立を果たした喜びを爆発させている。世に飛び出て自らの力量を問い始め、まずは順調である。周囲には自分を信じてくれる家臣《なかま》がおり、北条《ほうじょう》、今川、武田《たけだ》など巨大な敵はあろうが、まだ遠くにあって差し当たって脅威ではない。今はただ顔をあげて走って行けばいい。御年《おんとし》二十三歳とはそういう年齢だろう。

（だが――）

若さに任せて突っ走っていれば成長できる期間は短い。どこかでもうひとつ大きくなるための老獪《ろうかい》さも身につけねばなるまい。

（それを学ぶまでの間、お守りするのが家臣《われら》の役目）

これこそが、与七郎ら譜代衆の思いなのである。

昨日、城中にて大久保常源《じょうげん》が『そろそろ一揆側の連中をお許しくだされ。さすれば奴らは、殿のために死に物狂いで働きましょう』と諫言していたが、思いは同じだ。殿にはこんな三河の大将で気持ちよくなってもらっていては困るのだ。

「与七郎。あなたは私の命を救った。だから素直に言いましょう――」

「は」

「私は、まだ殿を信用していません。あのひとは自分のために私と子供たちを見捨てた。それに今の殿の力量では、戦国の世を生き抜くのに不安があります。なんですか、岡崎の町は。城下町は小さく、住んでいるのは頭に血が昇ったサムライばかり。サムライだけで国が成り立ちますか。対して本證寺の寺内町は、鍛冶屋や桶屋などの工人が住み、米や野菜の産物も集積され、川舟の湊もあって商人も多い。寺という心の拠り所があって、政務も法令により行われる。国としてちゃんとしているではありませんか」

「は」

「だから私は、このまま殿が私を大事に扱わないというのなら、寺方につくのも面白いと思ったのです」

「瀬名様！」

「私は今川の血筋。寺方には今川の息がかかったサムライも大勢おります。混乱に乗じて三河を取り戻すのも面白い。女にとって男は甲斐性です。もし甲斐性がある男がいれば、その男を夫《つま》として三河を獲らせる――」

と、そこまで語って、瀬名はにやりと笑った。

与七郎は、ぞっとした。

「あなた、どう？　私が見たところ、あなたが一番ね」

「ご、ご勘弁ください」

与七郎は平伏する。

「ふふ。そうよね。だから、やめたの」

「なんと」

「本證寺では一揆方の、吉良、荒川《あらかわ》、酒井《さかい》に会いました」

「将監《しょうげん》殿にまで！」

酒井将監は岡崎北の上野城主で、一揆の前は家康の筆頭家老だった。

「三人とも強そうなサムライだった。居住まいも正しく言葉遣いも美しかった。彼らは殿の正妻である私を、味方に引き入れようとした――」

与七郎は緊張した。もし瀬名が敵方についたのなら自分の責任でこの場にて成敗すべきである。脇差しか手挟んでいないが、なんとかやれるだろう。

しかし、あっさりと瀬名は、言った。

「でも、やめたわ」

「で、では、殿に忠誠を？」

「そうね――。あのね、その場で懐石が出たのよ」

「はあ……」

「その汁が、真っ赤だった。塩《しょ》っぱい三河味噌（のちの八丁味噌）だった。それであの男らと行動を共にするのは嫌になった。駿府では京風の白味噌だったのに――。すぐに席を立って帰ってきました」

瀬名は言った。その美しい顔を、与七郎は呆然と見た。

「私、岡崎の味噌、大っ嫌い」

「あれが美味《うま》いのではありませんか。握り飯にまぶしてごらんなさい。あれほど美味いものはない」

「どうしてもだめ――。与七郎。あなた、私に殿にお仕えしろと言うなら、京の白味噌を用意しなさい」

そのとき、また遠くから、戦のどよめきが聞こえた。

それを聞いて与七郎は胸を張り、力強く言った。

「承知いたしました。与七郎、命に代えましても御台様に、京風の白味噌を用意することを約束いたします」

「よろしい。――あと、殿にも言っておきなさい。妻を蔑《ないがし》ろにすると痛い目にあいますよと。この手紙をあなたに託します」

それを見て与七郎は驚愕した。それは甲斐武田家臣 某《なにがし》 よりの密書だったのだ。

三河の争乱を早々に治め、気の利いた士《もの》を甲府に寄こされたし。

今川亡き後の、遠州駿河の切り分けについて談合したし。

瀬名姫は、寂しげに言った。

「私の父関口親永は、殿が今川を裏切ったことへの関与を疑われ腹を斬りました。身の潔白を証明し、私の命を救ったのです。家の者はちりぢりに。ある者は甲斐、ある者は北条。伊賀に行った者もおります。彼らは今も私の行く末を案じてくれています。与七郎、お前が流浪の殿を信じたように、私にも信じてくれる臣《もの》がおるのです。私もまた、必死で生きねばならぬのじゃ」

家康はこの直後、敵方を許す触れを出して西三河を早々に手中に納めると、武田と示し合わせたうえ、東三河、遠江へと進出した。

徳川改姓始末記

井原忠政

一

徳川家康《とくがわいえやす》の氏族は「清和源氏《せいわげんじ》」である。今川《いまがわ》家の人質であった頃から、大御所として死ぬ瞬間まで、彼は源氏の末裔としての自我を持った。

しかし、実は人生の一時期、彼は「藤原《ふじわら》」を名乗ったことがある。自称ではない。「三位中将《さんみちゅうじょう》藤原家康」と署名した公式の文書まで残っている。これはどういうことだろう。ことの真相を知るためには、永禄《えいろく》九年（一五六六）の都へと赴かねばならない。

その老僧は、泰翁慶岳《たいおうけいがく》と名乗った。

今は三河岡崎《みかわおかざき》で布教中らしいが、長年に亘《わた》り、洛中の一条小川《いちじょうおがわ》にある古刹、誓願寺《せいがん》の住持を務めていたそうな。

「ほう、誓願寺はん……確か、浄土宗のお寺はんやったな？」

荒れ果てた屋敷の侘しい書院で、吉田兼右《よしだかねみぎ》が善良そうな笑顔を見せた。

「エヘヘ、左様にございまする、エヘヘ」

老僧は大仰な態度で平伏した。

（なんやこの和尚……笑うた口が、耳まで裂けとるがな）

かなり慇懃《いんぎん》な印象だが、ま、世知《せち》に長《た》けた都風の僧侶なのだろう。

兼右は、神祇官《じんぎかん》の次官「神祇大副《じんぎのたいふ》」を務める齢《よわい》五十一の中級官吏だ。学者の家系である清原《きよはら》家に生を受けたが、幼くして父の実家である吉田家に養子に出された。ほどなくして養父が発狂出奔したことから、わずか十歳にして吉田家を継いだ。以来幾星霜、養父が残したこの神楽岡《かぐらおか》（現在の左京区吉田山）の屋敷に閑居し、利権や政争、色事や遊興とは無縁に、神道研究専一に暮らしている。

ちなみに、神祇官とは、朝廷の祭祀を司る役所であり、諸国の官社を総轄している。平安宮が健在のころは、郁芳門《いくほうもん》の際《きわ》に立派な役所があったが、現在、定まった庁舎はなく、役人はそれぞれの屋敷で事務を執ったり、勉強を続けたりしていた。

本日、永禄九年六月十五日は、新暦に直すと七月二日に当たる。今日は好天だが、昨日までの長雨で木々が湿気を溜め込んでおり、異様に蒸し暑い。庭の夏蟬たちも、心なしか声を歪《ひず》ませていた。

「三河の松平《まつだいら》はん？　や、最近よう聞く名やが……その松平はんが、叙爵《じょしゃく》を希望されとるんやな？」

「エへへ、左様にございまする」

叙爵――正六位上から従五位下に昇進することを指す。律令制下では六位と五位の差は大きく、叙爵は「下級官吏を脱する」ことを意味した。

三河岡崎城主の松平家康が勢力を増し、三河をほぼ平定、朝廷に三河守への任官を求めてきたそうな。田舎大名のこととて、朝廷に知己《ちき》があるはずもなく、岡崎での布教を通じ、松平家と縁のできた慶岳が、代理人として「都で運動していると」ということらしい。

「で、和尚はん……あんた、なにが悲しゅうてワシのとこに来た？」

神（天津神《あまつかみ》）や祇（国津神《くにつかみ》）に仕える神祇官である。武家の「箔付け」を手伝うにしても、政治力など皆無の自分が、さしたる役に立つとも思えない。

「万里小路惟房卿《までのこうじこれふさ》からの御紹介にて、エヘヘ」

「ほう、亜相様《あしょう》からの……」

惟房は、万里小路家十一代の当主で、現在は権大納言（唐名が亜相）の職にある。有識故実《ゆうそくこじつ》に明るい文化人で、兼右とは史料の貸し借りをする仲だ。

実は慶岳、惟房や兼右の他にも、時の関白近衛前久《このえさきひさ》を頼っているそうな。万里小路家は、近衛家の家礼（公家における主従関係）である。親分と子分が一致協力して松平のために動いているらしいが——それほど美味しい話なのだろうか。

「関白殿下にお頼みし、亜相様も一枚嚙《か》んでおられる……それでもあかんかったんか？」

近衛前久からの執奏《しっそう》を受けた正親町帝《おおぎまち》は「松平の先祖に、三河守に就《つ》いた者はおらん」との理由で、申請を却下した由。要は「先例がない」との判断だ。

「ちゃんと賂《まいない》は積んだんか？」

「そらもうあちこちに、エヘ……例えば関白殿下には、前金で三百貫文を」

「さ、三百貫文⁉」

「首尾ようことが成れば、後金がもう三百貫文」

「ろ、六百貫文かいなァ！」

兼右、不覚にも少し白目を剥いてしまったかも知れない。

「無論、六百貫文の中には、亜相様への分け前も含まれまするが、エヘヘヘ」

戦国期の永楽銭は、一文が現代の百円に相当する。これが基本だ。永楽銭を千枚並べ、紐で束ねると一貫文で、現代の十万円に相当。それが六百結《ゆい》あれば、都合六千万円となる。近衛家と万里小路家への謝礼だけでも六百貫文なのだ。「あちこち」に配った総額は一千貫文（一億円）を軽く超えるのではあるまいか。

「松平はん、意外に持ってはりますのや、エヘヘヘ」

と、慶岳が親指と人差指で円環を作って見せ、下卑た様子で笑った。

兼右たち京の公家は、織田《おだ》や松平を「田舎大名」と虚仮《こけ》にするが、自分たちは正真正銘の「貧乏貴族」なのだ。田舎大名には銭こそあるが官位はなく、貧乏貴族には官位はあれど銭はない。互いに「自分にない物を相手が持っている」場合、両者の関係性は大概上手く行くものだ。

「関白殿下と亜相様は、兼右様の深い教養をもって手助けして欲しいと申されておられまする。もし、御助勢頂ければ……エヘへ」

ここで慶岳は声を潜め、少し顔を寄せてきた。かすかに味噌が臭った。

「関白殿下にお渡しする謝礼総額の一割ほどを差し上げたいと仰せで、ゲへへへ」

「の、乗ったァ」

六百貫文の一割なら六十貫文（六百万円）だ。それだけの銭があれば、崩れた塀も修理《なお》せる。奉公人の給金も払える。女房殿に夏の小袖も新調してやれる。

「ワ、ワシはなにをすればええ？」

大いに張り切り、兼右は身を乗り出した。

「それでは……一度関白殿下にお目通りして頂きまひょか、如何《いかが》で？」

「是非もない。さ、今からでも参ろう」

六十貫文の謝礼に目がくらんだ神祇大副が、早速に腰を浮かせた。

五摂家筆頭近衛家の屋敷は別名「御霊殿」とも呼ばれた。

兼右邸のある神楽岡からは、北小路を西へ一里近く歩く。

今や貧乏公家にとって牛車は高根《たかね》の花だ。牛を飼う銭などない。輿を担ぐほどの奉公人は雇えないし、馬の飼育にも大層な銭がかかると聞いた。だから外出時は必ず歩く。奉公人を一人連れ、蒸し暑い中を慶岳とともに西へと歩いた。

近衛前久は現在三十一歳。兼右も顔は見知っていたが、親しく言葉を交わしたことは一度もなかった。最近は、宮中でもあまり顔を見ない。

実は、前久には放浪癖があり、京を留守にすることも多かったのだ。気が向くとフラリと越後国府《えちごこくふ》や上野厩橋《こうずけまやばし》、下総古河《しもうさこが》などを訪れ、数年に亘り滞在したりもする。

その訪問地が示すように、前久の放浪癖は、必ずしも文化人特有の厭世観や現実逃避に根差したものではない。彼のそれは、多分に政治的な旅なのだ。越後の上杉《うえすぎ》氏は永禄四年（一五六一）から関東管領職に就いているし、下総古河は古河公方の根拠地である。上野厩橋に至っては上杉謙信《けんしん》、武田《たけだ》信玄《しんげん》、北条《ほうじょう》氏康《うじやす》らの英傑梟雄が鎬を削る極めて政治的な土地柄だ。

前久は旅を通じ、諸家との紐帯を強め、情報を集め、銭を出させることで、都における己が政治力を強めようとしている。

で、その一環として、尾張《おわり》で天下を狙う勢いの織田信長、その忠実なる同盟者たる松平家康との付き合いが生まれ、今回の叙爵にも助太刀しているものと思われた。

「おうおう、神祇大副殿、お久しいのう」

関白は満面の笑みで、兼右を広縁まで出迎えてくれた。手を取るようにして書院に招き入れる。繰り返すが、互いに顔と名が一致する程度で、親しく言葉を交わすのは今が初めてだ。

「松平家康殿は、今年二十五におなりの若武者におじゃる」

関白は早速本題に入った。

「この御仁が、なかなかの兵《つわもの》でな。一昨年（永禄七年・一五六四）の四月には、三河の一向一揆を力でねじ伏せはったそうや」

「ほう」

三河一向一揆が如何ほどの規模だったのか、世知に疎い兼右は知らなかったが、関白の口ぶりからして、相当なことだったのだろう。

さらに家康は、吉田城（現豊橋《とよはし》市今橋《いまはし》町）を包囲。昨年の三月には、この城を陥落させた。そして先月、牛久保《うしくぼ》城主の牧野成定《まきのなりさだ》を屈服させて、三河一国をほぼ平定した。今後も織田信長との同盟を堅持する限り、北の武田信玄、東の今川氏真《うじざね》とも互角に競り合っていけそうだ。

「とすればや、三河守に任じて、いかなる不都合があろうか」

前久が言葉を続けた。

「然るに太政官は『先例がない』の一点張り。先生（兼右）、如何思われる？」

「はあ……」

訊かれたからには、なんぞ答えねばなるまい。

「三河を統べたる者が、三河守を所望する。極自然な振舞いかと存じまする」

「然り。ワシもそう思う。それから？」

さらに水を向けられ、少し困った。相手は、ほぼ初対面の、しかも政治的な人物である。みだりに言質を与えたくはない。しかし訊かれたからには——

「太政官は、先例云々と申されておられる由。されどこれは言挙げに過ぎず。なんぞ別の事情があるのやも知れませぬな」

「どんな事情や？」

「あの……」

グイグイ押し込んでくる。これは、なにか試されているのだろうか。助け船を求めて、ちらと慶岳を窺ったが、老僧は我関せずの態で、床の間の軸をのんびりと眺めている。気まずい沈黙が書院に流れ、兼右の背筋に冷たい汗が流れた。

「ま、ええわ」

前久が許してくれたので、兼右は心中で安堵の吐息を漏らした。

「な、先生」

「ははッ」

「もし首尾よう行ったら、先生には銭六十貫文を進ぜるつもりやが、この謝礼が破格なのは、分かってくれような？」

「それはもう、はい」

「ならば……多少は危ない橋でも渡ってくれような？」

狡猾そうな目で、下から睨み上げて来た。

「あ、危ない橋にございまするか？」

「ほうや。六十貫文分の危ない橋や」

（あかん。なんぞ不正に引き込まれそうや……話がうま過ぎると思うたんや）

ただ、女房殿は夏の着物を買わねばならない。奉公人たちへの給金の支払いも滞っている。もう今さら後へは退けない。やるしかない。

貰える銭のことだけを考えるようにして、深々と平伏した。

よく手入れされた広い庭の木々で、蟬たちが「ゼニゼニゼニ」と鳴いていた。

二

その日から兼右は、松平家康の叙爵問題に没頭した。

近衛家と万里小路家から渡された膨大な書類に目を通し、太政官への執奏を吟味し不備や粗漏を見つけ、申請却下の原因を解き明かすのが任務だ。元々、神祇官の仕事の過半は書見に費やされる。文献を読み、言葉の下に埋もれた真実を掘り起こしたとき、彼の心は湧きたち躍った。決して、この手の事務は嫌いじゃない。

(どうせ、こないに仰山な書類、誰も本気では読んどらん。丁寧に読み込めば、意外に面白《おもろ》い話が隠れとる。文書とはそうゆうもんや……どれどれ?)

ペロリと指を嘗め、頁をめくった。

松平家康は、天文《てんぶん》十一年(一五四二)十二月、三河岡崎城主松平広忠《ひろただ》の嫡男

として同城内で生まれた。松平氏は、三河国加茂郡《かも》松平郷を発祥の地とする在地領主である。この松平氏には、貴種《きしゅ》の血が流れている由。伝承に曰く——清和源氏の末裔だという。

（ふん、侍に有り勝ちな由来やな。ほんまかどうかは脇に置くとして、ハハハ）

清和源氏の嫡流、八幡太郎義家《はちまんたろうよしいえ》の孫に源義重《みなもとのよししげ》という武士がいた。平安期末の保元《ほうげん》二年（一一五七）、彼は上野国新田郡《にった》を広く開墾し新田荘を開いた。清和源氏新田氏の誕生である。

「ええっと、これは確か……」

兼右は立ち上がり、書庫から古い記録を持ち出してきた。

「これやこれや。天仁《てんにん》元年（一一〇八）と大治《だいじ》三年（一一二八）に浅間山《あさまやま》が噴火しとる。ま、三十年かそこいら経っとるが、上野の辺りは灰に埋もれ、荒れ放題やったはず……この開墾には、志を感じるわな」

義重の倅《せがれ》の義季《よしすえ》は、新田荘のうち、世良田得川郷《せらだとくがわごう》に土着、世良田や得川を名乗った。この世良田氏、得川氏の一統は、鎌倉幕府に仕え重きを成したようだ。

「ほう、鎌倉幕府の御家人とな。『吾妻鏡』でも調べてみるか」

もう書院と書庫を往復するのは面倒なので、終には書庫に文机《ふづくえ》を持ち込んだ。

鎌倉殿と得宗家《とくそうけ》（北条家）の動向を綴った史書吾妻鏡の記述によれば、義季の倅の世良田頼氏《よりうじ》が三河守に任じられて――

「み、三河守やと！」

思わず声が上ずった。鎌倉幕府の有力御家人で三河守を名乗ったとなれば、強《あなが》ち自称ではあるまい。もし、この世良田頼氏と松平家康との繋がりが証明されれば、朝廷も「先例がない」と叙爵を却下できなくなるはずであったが――

「あかん……この頼氏はん、謀反に連座して佐渡に流されとるがな」

頼氏は赦免されることなく、配流の地で生涯を終えている。享年七十。

「御上《おかみ》は、謀反云々がお気に召さなんだのか？　謀反人の末裔を叙爵するのは気が向かんと……でも、そんなんゆうたら、今の都は謀反人の末裔だらけやがな」

時代は下り、鎌倉幕府滅亡から南北朝の動乱期にかけて、世良田氏と得川氏は宗家の新田義貞《よしさだ》に従い南朝側として奮戦した。が、義貞は足利尊氏《あしかがたかうじ》に敗れ、世良田氏も得川氏も領地を追われ、以来長きに亘り諸国を放浪することになる。

世良田義季から数えて九代目の親氏《ちかうじ》は、時宗の信仰を得て遊行僧に身をやつし、徳阿弥《とくあみ》と称し、三河の酒井村に流れ着いた。彼は、言葉巧みに酒井家の娘を誑《たぶら》かし、男子を儲けた。次いで松平郷の太郎左衛門《たろうざえもん》信重《のぶしげ》という者の婿に納まり、酒井家の娘に産ませた倅を家宰に据えたという。

「おいおい。話がうま過ぎるんと違うか？　世良田親氏が、なんぼ美男やったか知らんが。有り体に言えば風来坊の乞食坊主やがな」

これは、親氏が貴種流離譚《りゅうりたん》を上手く使ったということだろう。草深い郷の領主である松平氏や酒井氏にすれば「うちの婿は、清和源氏の末裔よ」と言ってみたかったのではあるまいか。近隣の領主仲間に偉そうな顔ができるし、箔も付く。

「なんなら、真偽のほどは『どうでもええ』と思うとったやも知れん」

ここに、松平と酒井の両家が、貴種の親氏を担ぐという形での共闘関係が生まれた。世良田親氏は、松平親氏と改姓した。家康の八代前の先祖である。

「エへへ、エへへへへ」

半月ほど経ったころ、慶岳が書庫の廊下に平伏した。

「なんや和尚、ワシは忙しいんや」

書類を繰りながら、兼右が邪険な顔をした。研究に没頭したいので、慇懃無礼な老僧の相手をするのは、正直億劫だった。

「実は、三河の松平様と拙僧、幾度か書状の遣り取りを致しましてな、エへへ」

本日は朝から蒸し暑い。流れる汗を拭いながら慶岳が言った。

「兼右様は、昨年、公方様が御遭難あそばされた件は御記憶ですか？」

「おお、義輝《よしてる》公が三好《みよし》方に討たれた、あの事件やな？」

永禄八年（一五六五）五月。第十三代将軍足利義輝が、三好と松永《まつなが》の軍勢に攻められ討死した、後年「永禄の変」と呼ばれる大事件だ。突然、現職の公方が攻め殺された衝撃は大きく、以降、現在に至るまで将軍職は空位となっている。

「義輝公には弟君がおられます。南都で僧籍に入り、覚慶《かくけい》と号されておられた」

「ほう」

「兄君の憤死を機に還俗、現在は義秋《よしあき》（後の義昭《よしあき》）公と名乗っておられます」

「ほうほう」

「義秋公は本年四月、従五位下左馬頭《さまのかみ》に叙位任官されましたんや」

左馬頭は、慣習的に次期将軍となるものが就く役職である。

「へえ、初耳やな」

「そらそうですわ。太政官では秘密裡に、極内々に宣下があったと伺っております、エへへ」

つまり朝廷は、足利義秋を次期将軍にと考えているが、それは「あくまでも非公式に」ということらしい。なぜ非公式なのかと言えば——もう一人の次期将軍候補、阿波《あわ》の足利義栄《よしひで》を推す三好松永一派に、朝廷が遠慮したのだろう。

「で、松平はんはなんと？」

「エヘへ、松平様は、御自分の叙爵が却下されたのは、そのことが原因ではないか、とゆうてこられましたんや」

「話が見えんな。次期将軍問題と、田舎大名の叙爵がどう繫がる？」

「多少錯綜しておりまするが、エヘへ。まず、松平はんの出自が清和源氏であることは御案内の通りにございまする」

「ま、伝承ではそうみたいやな。ワシは眉唾物と思うとるけどな」

「エヘへ、松平はんがゆうに、氏族が源氏の武家が叙爵する場合」

「ほうほう」

「『氏の長者』の執奏が要るのではないか？　とのことでございまする」

「それは……あ、なるほど」

氏の長者——藤原、源氏、平氏、橘《たちばな》など、それぞれの氏族の中で官位が最も高い者がなる。氏を統率し、氏人の叙爵等の推挙をし、氏神の祭祀などを司る。

「確かに、松平の叙爵を上奏するなら、清和源氏の氏の長者たる足利将軍が朝廷に執奏すべきや」

「エヘヘ、然様にございまするゥ」

しかし、足利将軍は現在空位だ。となると、清和源氏の氏の長者は——内々にとはいえ従五位下左馬頭に任ぜられた足利義秋ということになろう。

「ならば、義秋はんに頼めばええがな。賂を積めばええがな」

「それが……」

慶岳が声を潜め、身を乗り出した。

「我らが近衛公のお立場は、どちらかと申せば三好松永方にお近い、エヘヘ」

「三好松永は都を牛耳っとる一大勢力や。多少の肩入れぐらいするやろ」

「それが、多少ではなく……もはや、ズブズブ」

「ズブズブは、あかんがな」

昨年の政変で三好松永は、将軍義輝ばかりか、義秋の母の慶寿院《けいじゅ》まで死なせている。義秋にとって三好松永は、兄と母の仇だ。で、その三好松永とズブズブなのが関白近衛前久だとすれば——

「そら、御上も却下されるわな。義秋はんが源氏の氏の長者として、仇とズブズブの近衛公の息のかかった氏人の叙爵を喜ぶはずがない。義秋はんは次期将軍になられるお方、御上としても、恨みを買いたくはないわな」

「御意ッ」

「未来永劫、近衛公が推す松平家康はんは、源氏の氏の長者からの執奏は望めん。ま、叙爵は無理筋よ」

と、深い溜息を漏らした。六十貫文が遠退きかけている。

「で、松平はんは、どないせいとゆうておられるのや？」

「エヘへ、それがですな……」

声を潜めて顔を近づけてきた。また、味噌が臭う。

「松平はんとしては、『別に、源氏でなくともかまへんで』と仰せで」

「なんやそれは？」

「清和源氏があかんのやったら、桓武平氏にでも、藤原にでも、橘にでも『宗旨替えしたらよろし』と仰せですのや」

「あまり『コダワリのない』お人のようやな」

兼右が呆れ顔で呟いた。

「ただ、宗旨替えゆうてもどうする？　難しいぞ」

「簡単ですがな。ここの辺りに……」

と、文机上の世良田家系図を指さした。

「藤原の名をちょろっと書き加えたらよろし。婿でも養子でもええですがな。松平はんの中に『藤原の血が一滴でも流れてはる』と読めれば十分や」

藤原氏の氏の長者は、関白近衛前久だから、氏の長者からの推薦はすぐにも下りる。簡単そうだ。

「書き加えるって……この系図は、前回奏上した折、もう太政官の方で読んどるやろ」

「せやから、古い系図が新しく見つかったゆうんですわ」

「和尚、そうゆうのを系図の改竄とゆうのやで」

——とんでもない坊主である。兼右が続けた。

「それに、百年も前の系図に墨で書き入れてみい、一発で露見《ばれ》るがな」

「大層な鳥の子紙に、系図ごと丸々書き換えたら露見《ばれ》まへんやん」

「百年前の系図が、真新しい鳥の子紙に書かれて提出されたら、捏造改竄が見え見えや。太政官の失笑を買うわ」

「せやから、今般新たに見つかった……どうせなら、万里小路家の書庫から見つかったことにしなはれ」

「しなはれって……なぜ亜相様を巻き込む？」

「万里小路の書庫から見つかった方が、吉田家の書庫から出るより本物らしい」

慶岳は傲然と言い放ち、さらに続けた。

「その百年前の系図が虫に食われてボロボロやったから、新たに清書したとゆえば、誰も反論できまへんがな」

「そんな取って付けたような話……誰が信じるのや」

「信じんでもかましまへん。反論できなければ、奏上は通ります。通ればこっちのもんですわ」

「ワ、ワシがそれをやるのか？　困るがな。嫌やがな」

「あんさん関白殿下にゆうてはりましたな。六十貫文分の危ない橋は渡るんでっしゃろ？　違いますか？」

「あの……」

兼右の抵抗もここまで——以降、この小さな悪巧みは慶岳の指導下に進んだ。

「氏族は清和源氏、姓は松平」で申請して駄目だったのだから、今度は「氏族は藤原、姓は世良田」として申請しようかとも思ったが、世良田姓には謀反人がいる。ならば、もう一つの「得川家康」で行くのはどうだろう。

「得川ねェ……あんまりパッとしまへんなァ」

「『得』の文字を『徳』にしたらどうや？」

「徳川家康か……ま、見栄えはしますな」

「うん、徳川家康なら、字画的にも申し分がない。天下を狙える大吉名や」

幾度か指を折って数えていた兼右が、嬉しげに呟いた。

「エへへへ、所詮は三河の田舎大名ですわ。天下までは要らん」

「ほうか、ハハハ、ハハハ」

かくて、松平家康の叙爵奏上書には、氏族は藤原、姓は徳川、名は家康と認《したた》められたのである。

半年後の永禄九年十二月二十九日。松平家康は「徳川」への改姓が認められ「従五位下三河守」に叙位任官された。氏族は「藤原」とされた。

その後の家康は、源氏と藤原を「都合により使い分けた」嫌いがなくもない。ただ、改姓から二十年を経た天正《てんしょう》十四年（一五八六）以降は、（記録に残る限りで）藤原を封印、源氏一本で生涯を通した。思うに、彼自身は本音の部分で「俺の出自は、今も昔も清和源氏だがや」と確信していたのではあるまいか。

〈参考文献〉

笠谷和比古「徳川家康の源氏改姓問題」（日本研究）
渡辺世祐「徳川氏の姓氏に就いて」（史学雑誌）
米田雄介「徳川家康・秀忠の叙位任官文書について」（栃木史学）

鯉

谷津矢車

脇息《きょうそく》を軋ませて立ち上がった徳川家康《とくがわいえやす》は、上段の間から、がらんとした中段の間を抜け、下段の間の前に立った。暖かな日差しが延びる下段の間には、近臣が車座を組んでいた。肩衣《かたぎぬ》に身を包む五人の近臣は、ある者は唾《つば》を飛ばし、またある者は扇を振り回している。

「罰を与えぬことには面目が立ちますまい」

「この男は得難い忠臣ですぞ」

「とはいえ、やったことがあまりにも大事過ぎる」

近臣たちは、中段と下段の際に立つ家康にも気づかなかった。

家康は近臣の繰り広げる激論から目を外し、下段の間の奥に広がる庭に顔を向けた。

濡れ縁の下に広がる白洲の庭には、鈴木久三郎《すずききゅうざぶろう》の姿があった。久三郎は庭の真ん中に敷かれた筵《むしろ》の上に座らされていた。雑巾のようなぼろ姿で後ろ手に縛られ、脇に立つ小者に棒を突きつけられている。その顔や首元には無数の生傷や痣《あざ》が浮かび、顎《あご》の辺りにはうっすらとひげが生えていた。この評定の主役であるというのに、久三郎は我関せずとばかりに虚ろな目を白砂に落としていた。

「やめよ」

家康が制すると近臣たちは一斉に口を噤《つぐ》んだ。そんな近臣をよそに、家康は縁側に進み出で、久三郎を見下ろした。顔を上げた久三郎の真っ直ぐな眼差しが、家康のそれと交錯した。

縁側に立った家康は、後ろ頭を掻《か》いた。

「なぜこんなことをしたのだ。そなたはこんな不調法をする男ではなかったろう」

久三郎は岡崎《おかざき》城の大番役で、二八歳と軽輩ながら、三河《みかわ》武者を絵に描いたような男だった。久三郎は丸さえも四角く描く、三河武者たちは久三郎をそう評していた。働きぶりは至って真面目で、毎日のように紺色の肩衣を身に纏《まと》い、漆《うるし》を一度塗っただけの大小を手挟《たばさ》む武骨な姿には、古びた甕《かめ》の趣きがあった。

しかし数日前、この男が大問題を起こした。拝領したと空言《そらごと》を述べて岡崎城の蔵から酒を運び出し、城の池から鯉を獲って己の一族郎党に振る舞ったのである。鈴木久三郎は捕まり、城の牢に入れられた。

ここは、久三郎の裁きの場だった。

無言を貫く久三郎を前に、家康は一語一語、はっきりと言葉を形にした。

「そなたの獲った鯉はどのようなものか、それを知らぬそなたではあるまいに」

久三郎の獲った鯉が、この一件を難しくした。三河の一統を果たした折、織《お》田《だ》信長《のぶなが》から下された祝いの品だった。家康にとっては、ただの鯉ではなかった。信長に認められたしるしであると同時に、国主の証《あかし》のようにも思え、家康がずっと慈《いつく》しんできた鯉だった。岡崎城の大番役を務めていた久三郎なら、それを知っていてしかるべきだった。

「一言、詫《わ》びを入れてくれればよいのだ。さすれば、許さぬこともない。そなたの忠勤はわしの耳にも入っておる。理由を述べ、己の誤りを認めさえすれば、此度《こたび》の件、目を瞑《つぶ》ろう」

家康からすれば、これが最大限の譲歩だった。しかし、久三郎は頑《かたく》なまでに口を噤んだままだった。

舌を打った家康は、親指の爪に歯を立てた。執拗に嚙み過ぎたか、爪の側面から血が滲んだ。痛くはない。ただ、鉄の匂いが僅かに口中に広がった。

家康は気の長い方ではない。いきおい、声に険が混じった。

「早う話せ。さもなくば」

家康は手を挙げ、久三郎の脇に立つ小者に目配せをした。小者は棒を振り上げる。しかし、久三郎は身を固くし、口を真一文字に結ぶばかりだった。家康は鼻を鳴らし、手を下ろした。すると小者は久三郎の背を棒で打ち据えた。久三郎の口から、うっ、と小さな悲鳴が上がる。

「話せ。これ以上痛い思いはしたくなかろう」

久三郎はそれでも恬《てん》としていた。棒で打たれるごとに顔を歪《ゆが》めてはいる。しかし、体を丸めることなく、じっと家康を見据えている。その顔は、どこか悲しげですらあった。

家康の背が、不意に冷えた。

「なぜ、お前はそうも堂々としている」

久三郎はなおも何も言わずに家康を見上げている。

「答えぬか」

家康は居心地の悪さを覚えていた。久三郎のあまりにも真っ直ぐで澄み切った目を前にするうちに、こちらが詰問されているかのような心境に至ったのであった。

久三郎はようやく、口を開いた。

「魚や鳥を人に代えて、天下は取れますでしょうか」

久三郎の言葉が、家康の胸を衝《つ》いた。

「諷諫《ふうかん》であったか」

久三郎は瞑目し、俯《うつむ》いた。

半月ほど前、某家足軽の某《なにがし》が家康の御鷹場で狩りをし、鳥を捕まえたとの報せがあった。御鷹場では領主と領主に認められた者以外の狩りを禁じている。家康の特権を足蹴にしたも同然の狼藉であった。それだけではない。やはり半月ほど前、某家足軽が岡崎城の堀で釣りに興じたことが明るみに出た。城はもちろん領主のものであり、堀に住む生き物も家康の所有物だった。家康は近臣に命じてこれらの不埒者を捕らえ、牢に放り込んだ。裁きの際、足軽たちはへらへらと笑っていた。家康は、どうしてもその者たちの態度を許すことができず、首を刎《は》ねると決めたばかりだった。

この決定が久三郎を蛮行に走らせたのだと、家康は思い至った。

「人を大事にせよ、ということか？」

「いいえ、違います。ご明哲な殿様のこと、いつか、答えを悟られることでしよう」

不遜な物言いを捨て置き、久三郎を許すよう近臣に命じた家康は、牢に留めていた足軽を放免するように言い置くと、踵《きびす》を返し、近臣の間を縫うように歩いた。

「大事にしておられた鯉を食べてしまい、申し訳ございませなんだ」

ようやく、久三郎は謝罪の言葉を口にした。久三郎は満足げに頰《ほお》を緩めている。

久三郎の言葉に応じず、暗い上段の間へ戻っていく家康は、一人、黙考に沈る。

んでいた。

三河松平《まつだいら》の御曹司として生まれた家康は、最初は織田、長じては今川《いまがわ》に預けられていた。織田も今川も家康を粗略にすることはなかった。今川においては厚く遇されすらした。一流の師に文武の道を教わり、似たような境遇の者と誼《よしみ》を通じ、次代当主の氏真《うじざね》と親しく交わり、今川の姫を正室に宛がわれた。家康にとっての今川の日々は、巷間〝人質〟と呼ばれるそれとは意を異にしている。

そんな家康の青春は突如終わりを告げた。永禄《えいろく》三年、今川氏の当主、義元《よしもと》が桶狭間《おけはざま》で尾張《おわり》国主の織田信長に討たれ、これをきっかけに今川が瓦解を来したしたのであった。この機に乗じ、家康は今川の支配を脱し、本拠、岡崎へと凱旋した。そしてそこから、家康は織田信長と盟を結び、近隣の国衆を家中に組み込んで三河の統一を果たしたのである。

傍《はた》から見れば、桶狭間の戦いから十年足らずで旧領復帰どころか三河一円に新領を得た家康のなしようは快進撃にも見えたろうが、家康の眼前にはまったく違った光景が広がっている。

三河武者たちは、三河に帰還した家康に冷ややかな一瞥を向けた。そして家康は、その視線に気づかぬほど愚鈍ではなかった。

青年に至るまで本拠から切り離されていたために、家康は一部の近臣を除いて、三河武者たちと君臣の関係を築き上げることができていない。三河武者は武に優れ、素朴な忠義心を持ち合わせてはいる。が、先に起こった三河国一向一揆のように、風向きが変われば彼らは容易《たやす》く家康に牙を剝《む》く。

幸い、家康の眼前には凋落した今川を戴く遠江《とおとうみ》がある。領地を切り取り家臣に分配すれば、家臣の心を繫ぎ止めることはできる。

家康は時々、己の立場に倦《う》むことがある。しかし、弱気をおくびにも出すことができない立場だった。家康は上段の間に至ると、自分の茵《しとね》に腰を下ろした。氷のような冷たさを尻に感じた家康は、短く悲鳴を上げた。

元亀《げんき》三年十二月二十二日、家康は難しい決断に晒《さら》されていた。

浜松《はままつ》城の二の丸御殿の評定《ひょうじょう》の間では、鎧直垂《よろいひたたれ》姿の家臣たちが車座に居並び、口々に己の意見を述べている。評定は数刻にも亘《わた》っているにも拘らず、何一つ決まらぬまま議論は堂々巡りに至り、家臣たちはげっそりとしている。上座からその様子を眺めていた家康は、頰杖をつき、家臣たちの百家争鳴《ひゃっかそうめい》に耳を傾けていた。

大山が、動いた。

家康は、遠江を次々に切り取った。その勢いはもはや留まるところを知らず、ついには今川家の当主、氏真を関東に逐《お》うに至った。これを受け、家康は三河の岡崎から遠江の浜松に本拠を移した。美濃《みの》の岐阜《ぎふ》に本拠を置く織田信長と気脈を通じたものでもあり、遠江の支配を円滑に進めるための措置でもあった。徳川家は遠江の大半を得たことで、覇を唱える大名家として一気に戦国の表舞台に飛び出した感があった。

ところが、遠江進出は、家康に厄介事の種をもたらした。関東の大大名、武《たけ》田《だ》と境を接することになったのである。家康にも相応の覚悟はあった。遠江侵攻に前後して、家康は北条や武田とも誼を通じ、競り合いの起こらぬよう、細心の注意を払っていた。当初こそその目論見は成功していたものの、境を接していればそれだけで争いの種は所々で芽吹く。いつしか武田との関係が悪化、一触即発の気配が漂い始めた。

元亀三年十月、武田が突如遠江、三河に侵入した。甲斐《かい》、信濃《しなの》の二方面から攻め入った武田軍は、通常ならば攻略に数ヵ月はかかる城を一日二日で破り、次々に遠江の諸城を落としていった。そして、天竜川《てんりゅう》の淵にあり、遠江の西と東、南北の通行をも扼《やく》する枢要《すうよう》の地、二俣《ふたまた》城をも二月足らずで手中に収めるや、十二月二十二日、武田本隊は浜松城の北、三方ヶ原《みかたはら》を通り、浜松の西にある堀江《ほりえ》城を目指す気配を見せたのであった。

武田軍の——武田信玄《しんげん》の狙いが分からない。上洛するつもりか、それとも遠江、三河を支配下に置くつもりか、それとも別の腹蔵があるのか……。だが、家康からすれば信玄の進軍の意図に興味を持つゆとりはなかった。家康は、国主としての重責に押し潰されそうになっていた。

遅々として結論の出ない評定の最中、家康は指図《さしず》（絵図）に目を落とした。浜松の北に広がる台地、三方ヶ原に黒の碁石が並べ置かれている。

家康は頬杖をつくのをやめ、車座を見渡した。

「わしは、打って出るべきと考えておる」

家康は指図の黒石を西の方に広がる低地の祝田《ほうだ》へと動かし、白石を浜松から三方ヶ原に進めた。

「先触れの者より、武田軍が三方ヶ原から祝田へと向かっていると報せがあったらしいな。三方ヶ原から祝田への道は下り坂になっておる。我らが三方ヶ原から祝田に逆落《さかお》としにすれば、信玄ほどの戦上手相手でも勝機はあろう。この地は我らの領地。敵地で孤立すれば、かの信玄であっても、ひとたまりもあるまい」

家康の一声が、家臣の議論の声を薙《な》いだ。が、遅れて、籠城を唱えていた家臣が声を張り上げた。敵は戦上手の信玄坊主でございます。ここは浜松城に拠るのが上策でございましょう、と。

家康にはその意見を採れない事情があった。

今回の信玄の侵攻を前に、家康は何もできずにいた。信玄の進軍が速すぎた、というのが家康の包み隠さぬ本音だったが、それが言い訳にもならないことは家康自身がもっともよく理解していた。遠江に本拠を置く国衆は、今川から徳川に帰順した者も多い。もしこのまま浜松城で籠城すれば、国衆たちの武田への寝返りが雪崩《なだれ》を打つ。武威を失った今川から離反した自分の経験が、家康の恐怖をかき立てたのだった。

家康は一部の家臣の制止を振り切り、祝田での決戦を決行した。織田から派遣された一隊と合わせ八千あまりの手勢を率いた家康は浜松城を飛び出し、武田軍を追撃した。

が、三方ヶ原に至った家康は、己の失敗を悟った。

祝田に降りているはずの武田軍が、三方ヶ原の北方で陣を張っていた。明らかに、家康の追撃を見越した布陣だった。

夕方、干戈《かんか》が交えられた。だが、平野での戦いを得意とする武田信玄に敵うはずはなく、徳川軍は総崩れとなった。

その機を見逃す信玄ではなかった。武田軍は怒濤のように攻め寄せ、徳川軍を鏖《みなごろし》にかかった。

とっぷり暮れた野原の中、家康は馬の腹を蹴り、鬣《たてがみ》に顔を埋めた。後ろの方では家臣たちが殿《しんがり》となって武田を食い止めている。しかし、まるで堰《せき》を破る鉄砲水のように殿を打ち砕き、なおも武田軍は猛追してくる。武田軍は全体で一個の生き物のようだった。一隊が牙になり、一隊が爪となり、一隊が顎になる。そのような用兵は、家臣の信頼を勝ち得ずにいる家康からすれば妖怪変化の術を目の当たりにしているかのようだった。

「武田はこれほどまでに強いか」

家康の嘆《なげ》きは夜の三方ヶ原に溶けた。

ついに、武田軍の牙が家康の本陣備《ほんじんぞなえ》の近くにまで迫りつつあった。

「万事休すか」

家康が心中で念仏を唱えたその時、家康に馬を近づける者の姿があった。

鈴木久三郎だった。武骨な当世具足に身を包んでいたが、大袖に矢が刺さり、鬢《びん》から血を流している。人馬共に擦り傷が所々に走り、背中に差していたのであろう旗指物も途中から折れ、指物としての体《てい》を失っていた。

久三郎は馬上で早口に言上した。

「殿、拙者に死ねとご命じください。さすれば、殿の影武者となり、時を稼ぎましょう」

家康は口元をわななかせつつ首を振った。

「言えるわけがなかろうが」

久三郎は、不機嫌そうに顔をしかめた。そして、馬をぶつけんばかりに家康の馬に己の馬を近づけると、家康の手から采配を奪った。何をするか、という家康の怒気に触れてもなお、久三郎に怯《ひる》むところはなかった。

「家臣を主君に代えて、天下は取れますまい」

吐き捨てるように口にした久三郎は馬首を返し、大音声《だいおんじょう》を発しつつ武田軍へと駆けていった。我こそは徳川次郎三郎《じろうさぶろう》、この首取って手柄とせよ。そんな久三郎の布を裂くような叫びが、家康の耳にいつまでも残った。

家康は、生き延びた。

鈴木久三郎の決死の身代わりを目の当たりにした三河武者たちは、競うように影武者を名乗り出た。ある者は家康の兜《かぶと》を受け取り、またある者は家康の刀をひったくり、武田軍へ突撃していった。その中には足軽のような軽輩までいた。

「かつて、粗相をしでかした我らを、殿はお許しくださいました。その御恩に報いるは今でございます」

そう述べ、たった二人で殿《しんがり》に立ち、瞬く間に武田軍の濁流に呑《の》み込まれた。後で家康の聞くところでは、御鷹場で狩りをし、岡崎城の堀で釣りをしたかどで捕まった足軽たちだったという。

そうした者たちの献身を受け、家康が浜松城の城門をくぐったのは深更《しんこう》のことだった。家康は泥にまみれた戦直垂のまま、浜松城に逃げ込んだ将兵たちを見て回った。怪我をしておらぬ者は誰一人いなかった。皆、男泣きに泣いていた。親兄弟や子、輩《ともがら》を亡くした三河武者の悲憤慷慨がいつまでも城にこだましていた。

家康は死を覚悟した。信玄が余勢を駆って浜松城を囲むようなことがあれば、ひとたまりもなかった。だが、結果としてそうはならなかった。武田軍は浜松城を攻めることなく遠江で年を越した後、東三河に進軍、そのまま破竹の快進撃を続けるかと思いきや、元亀四年四月、突如武田軍は進軍を停止、甲斐国への撤退を開始した。首の皮一枚残し、徳川家は辛くも救われた格好となった。武田信玄が陣没したと家康が知るのは、もう少し後の話だった。

武田軍が甲斐へ撤退した元亀四年の夏、家康は戦の後始末に追われていた。負け戦で動揺する家中の引き締め、死んだ家臣たちの弔《とむら》いと論功、荒廃した領地の復興や砦、城の建て直し、やることは山のようにあった。

その日、家康は三方ヶ原に在った。同地は近隣の村々の入会地だった。戦で有耶無耶《うやむや》になった境界石を近隣の村々の名主の間で定め直す必要があり、家康はその評定に臨席したのだった。

その帰り、家康は僅かな家臣を引き連れ、三方ヶ原の真ん中を走る街道を馬で進んでいた。この日の三方ヶ原は、蒼穹《そうきゅう》がどこまでも続き、苛烈な日差しが降り注いでいた。青々とした草の揺れる長閑《のどか》な原がそこに広がっているばかりで、かつての大戦の名残はどこにも残っていなかった。

家康が馬上で額に溜まる汗を袖で拭っていると、不意に道端の地蔵脇にうずくまる人影に気づいた。家臣たちが身構えたが、その者の顔を見るなり警戒を解いた。

鈴木久三郎だった。野良着に蓑《みの》を背負う、百姓《ひゃくしょう》のようななりだった。腰には刀すら帯びていなかった。

三方ヶ原で家康の身代わりとなり武田軍に突撃した後、鈴木久三郎の行方《ゆくえ》は知れなくなっていた。

家康を前に、久三郎は苦笑いを浮かべた。まるで、隠れん坊の鬼に見つかった子供のような、そんな表情だった。

「まるで、幽霊を見るような顔ですな」

「これまで、どうしておった」

家康に促され、久三郎はこれまでの来し方を話した。

三方ヶ原の戦いの際、久三郎は武田軍に切り込み、散々に暴れてみせたが結局多勢に無勢、ついに斬られてしまう。しかし、足止めは果たした。己の役目は終えたと得心し、辛くも戦場を脱したものの、戦場の只中で気絶してしまう。そんなところを近隣の百姓に匿《かくま》われて懇《ねん》ろに介抱され、ようやくこうして歩けるまでになったのだという。

武功話のはずだったが、久三郎の口ぶりは、どこか淡々としていた。

家康の鼻の奥につんと辛いものが走った。

「よく、生き延びたな。生きて帰ったからには、そなたには報いてやらねばな。そなたの奮戦に、わしは助けられたようなものだ」

しかし、久三郎は首を振った。

「勲功など要りませぬ。今日、ここに姿を現しましたのは、一つ、殿からうかがいそびれたことがあったからでござる」

久三郎は決然と言った。

「三方ヶ原の戦の折、わしに〝ここで死ね〟と言ってくださいませんでした。その命を、承《うけたまわ》りとうござる」

「何を言うか。わしは――」

家康の言葉を遮《さえぎ》り、久三郎は跪《ひざまず》いたまま続けた。

「主とは、家臣の生殺与奪を握る者でございます。危難に応じ、家臣を死地に躊躇《ちゅうちょ》なく送ることができてこそ、名君というものでござる。わしは、わしの仕えた殿が愚であったと信じたくはありませぬ。わしが命を懸けるに値する主であったと、わしに示してくだされ。そして、わしの行ないが間違いでなかったと、そう思わせてくださいませ」

無礼者、と家臣の間から怒鳴り声が上がる中、家康は瞑目した。

三方ヶ原の戦では多くの家臣が死んだ。しかし、家康は、誰に対しても死んでくれと命じることができなかった。死んでいった者たちは皆、家康への忠誠心ではなく、持ち前の武勇と忠心を誇らんが為に、命を散らせていった。

家康は、久三郎が鯉を盗って食べた、在りし日の諷諫の意味をようやく理解した。久三郎はずっと、家康の主君としての器——徳を問い続けていたのだった。

何をするべきか察した家康は、馬上で咳払いをした。

「言えずにいたな。——鈴木久三郎、我が覇道のために、死んでくれ」

家康の声は三方ヶ原の天地に溶け、消えた。覇道。自分の口からその二文字が出たことに、家康は打ち震えていた。己に左様な野心があったかと。

一方の久三郎は、憑《つ》き物が落ちたかのような、あっけらかんとした笑みを浮かべた。

「覇道、でございますか。得心いたしました。これでようやく、鈴木久三郎は死ねまする」

「戻らぬのか、家中に」

久三郎は首を振り、完爾《かんじ》とした笑みを浮かべた。

「死ねと命じられておめおめ生きて戻っては、家臣の名折れでござる。これよりは、ただの鈴木久三郎として生きましょう」

「そうか、達者でな。長らく、ご苦労であった」

平伏した久三郎は、それきり、口を噤んだ。

家康は馬の腹を蹴った。家康は振り返ることをしなかった。浜松城に続く街道の上で、家康はただただ馬を歩かせた。数々の死者が眠る三方ヶ原の真ん中で、ふと、在りし日、岡崎城の池で悠然と泳ぎ、金色の鱗を光らせていた鯉の魚影が家康の脳裏を掠めた。

鯉は滝を登り、竜になる。もし鯉が竜にならんと欲すれば、竜としての気宇が要る。そのことを家康に教えたのが、鈴木久三郎だった。

礼を言うぞ、久三郎——。

家康の眼前には、入道雲が立ち上っていた。さながら天の頂へと続く大滝のような雲を前にした家康は、しばし息が詰まった。だが、家康は己の内から立ち上がる怖気を振り払うように頭を振り、馬に鞭をくれた。家康を乗せた馬は、入道雲に向かって一気呵成に駆け出し、一陣の風となった。

親なりし

上田秀人

紅蓮《ぐれん》の炎が大坂城を包みこんだ。

「愚か者が」

天王寺口《てんのうじぐち》の本陣で、徳川前右大臣家康《とくがわさきのうだいじんいえやす》が、嘆息した。

「ご覧あれ。大坂城は落ちましたぞ」

隣の床几《しょうぎ》に腰掛けていた駿河駿府《するがすんぷ》城主徳川左近衛権中将頼宣《さこんえごんのちゅうじょうよりのぶ》が、立ちあがって歓呼の声をあげた。

「まだ報告は来ておらぬ。はしゃぐでない。もし、落城していなければなんとする。そなたの言葉はまちがっていた、戦場を見誤る大将だと嗤《わら》われることになる」

「すみませぬ」

家康に叱責された頼宣がしょげた。

「座るがよい。勝って当たり前の戦ぞ。それを後詰めとはいえ一軍を率いる大将が勝利の報せを待ちかねて、立ちあがっていたというのも外聞が悪かろう」

初陣は昨年の大坂攻めですませたとはいえ、勝利を経験していない。頼宣が勝ち戦に逸《はや》るのも無理はなかったが、家康はそれを叱《しか》った。

「総大将は慎重のうえに慎重でもまだ足りぬ。豊臣《とよとみ》前右大臣の首を見ても、影武者ではないかと疑え。本物だとわかったならば、大坂の残党を探し出して討て。そこまでしてようやく気を緩めてよい」

家康が戦陣訓を垂れた。

「浅慮でございました」

頼宣がさらに頭を垂れた。

「大御所さま、一つお伺いをいたしてもよろしゅうございましょうか」

息子といえども天下人たる家康を父呼ばわりするのはまずかった。頼宣が家康のことを前将軍の称号である大御所と呼んだ。

「なんじゃ」

家康が質問を許した。

「先ほど愚か者との仰せがございましたが、あれは誰を指してのことでございましょうや」

「ふむ」

尋ねた頼宣に、思案するように家康が顎に手を当てた。

「愚か者と言ったのは、すべての者にじゃ」

「すべての者……」

家康の答えに、頼宣が驚愕した。

「頭を下げられなかった前右大臣、わめき散らすだけの淀《よど》、それらを抑えられなかった左衛門佐《さえもんのすけ》……」

豊臣秀頼《ひでより》、その生母淀、そして豊臣方の軍事を預かる真田《さなだ》左衛門佐信繁《のぶしげ》の名前を家康が最初にあげた。

「大坂が負けると目の前で見せつけられて寝返った者」

続いて家康が大坂城が包囲されてから寝返った連中を鼻で嗤った。

「勝敗明らかならざるときだからこそ、返り忠の価値はある。滅びに巻きこまれまいとしての寝返りは褒《ほ》めるべき行為ではない。なにせ、もし徳川が危なくなればさっさと敵に回ると言っておるのだからな」

「たしかに」

頼宣が首肯した。

「そして我が方の馬鹿が筆頭先陣の松平越前《まつだいらえちぜん》よ」

次男秀康《ひでやす》の息子である越前の太守松平宰相忠直《ただなお》を家康が罵《ののし》った。

「放っておけば、数日でなかから崩壊してくれるとわかっているものを、力攻めしおって。どれだけ味方に被害が出るかを考えておらぬ」

「…………」

若さゆえの血気に逸るのだ。

「そなたも許せば、今からでも駆け出しそうじゃな」

まだ十四歳の若武者である頼宣の様子を見た家康が苦笑した。

「だが、最大の馬鹿は太閤《たいこう》じゃ」

「太閤……豊臣秀吉《ひでよし》公のことでございましょうか」

表情を消した家康に頼宣が問うた。

「ああ。子供に天下を受け継がせることをしなかった」

「豊臣家は前右大臣秀頼公が継がれましたが……」

頼宣が首をかしげた。

「家督は継いだが、天下は譲られなかった」

「…………」

「わからぬか」

家康が頼宣を見た。

「お教え願いたく」

頼宣が家康に説明を願った。

「……まだ少しときはありそうじゃな」

家康が大坂城のほうを窺った。

「えっ」

頼宣が戸惑った。

「助命嘆願が来ておるまい。前右大臣は一応、吾が孫娘の婿だ。それを名分に助命を願ってくるだろう」

豊臣秀頼は二代将軍秀忠《ひでただ》の娘千姫《せんひめ》を正室に迎えている。実際の夫婦仲がどうであれ、世間から見れば、義父が婿を攻めている形である。

これからの天下を従えていこうという秀忠にとって、情け容赦のないまねは評判にかかわってくる。

「総大将は公方さまでございましょう。助命嘆願ならばそちらへ」

秀忠は頼宣にとって歳の離れた兄で、主君でもある。なにより大坂攻めの総大将なのだ。交渉をするとなれば、そちらであって後詰めに近い家康ではないと頼宣が首をひねった。

「右大臣に助命の決断はできまい。その肚《はら》はないわ」

家康が冷たく言った。

「肚……」

「わからぬであろうな。前右大臣と淀を生かすということは、豊臣家という火を消さずに天下という家へ持ちこむようなものじゃ。いつ火が家に燃え移るかわからぬ」

「豊臣が戦を仕掛けると」

「そんな力を残すわけなかろう。少なくとも豊臣家は大名ではなくす」

「では、なにが問題だと」

「問題は千じゃ」

「千がでございますか」

頼宣にとって秀忠の娘である千姫は姪になる。

「前右大臣の正室じゃ。まだ子はできておらぬが、男と女よ。いつか子ができよう。その子供は、将軍の孫になる」

家康が続けた。

「余の息子は全部大名じゃ。死した者も含めて、次男秀康は六十八万石、四男忠吉《ただよし》は五十二万石、五男信吉《のぶよし》が二十五万石、六男忠輝《ただてる》に六十三万石、松千代《まつちよ》と仙《せん》千代は元服せなんだゆえ省くが、九男義直《よしなお》五十三万石、十男のそなたが五十万石、十一男の頼房《よりふさ》にも二十五万石じゃ。秀忠の息子もおまえたちに準ずるであろう。そうなったときに千の子供だけ薄禄では世間体が悪かろう。やはり数万石以上にはせねばなるまい」

「世間体などお気になさらずともよろしいのではございませぬか。徳川は天下人。天下人がすることはすべて正しいのでございまする」

頼宣が家康の懸念を一蹴した。

「若いの、そなたは。吾が膝元で育てたが、少し甘やかしすぎたかの」

家康が嘆息した。

「そなた天下人というのがどのようなものだかわかっておらぬ」

小さく家康が首を横に振った。

「天下人は強いだけではなれぬ」

「もっとも強い者が天下人なのではないと」

「うむ」

頼宣の言葉に家康がうなずいた。

「天下を獲るになにが要るか、力や血筋も必須には違いない。だが、もっとも要るのは世が乱れているということよ」

家康が続けた。

「もし乱世にならず、足利《あしかが》の幕府が健在であれば、余は徳川になることもなく、西三河《みかわ》の一国人《こくじん》領主の松平で終わっていただろう」

「世が乱れたからこそ、新たな天下人が生まれたと」

「そうよ。そして乱世なればこそ、力がものを言う。力ある者だけが生き残り、そのなかから天下人が誕生する。織田《おだ》がそうであった。天下は織田信長《のぶなが》公のもとに統一され、織田幕府が安土《あづち》にできたはずであった」

「本能寺《ほんのうじ》の変……」

「そうじゃ。信長の天下は一人の裏切りで潰《つい》えた。そして、そのお陰で豊臣秀吉が出てきた。織田幕府ができていたら、九州か、奥州あたりに三十万石ほどの領地をもらえればいいところの豊臣秀吉が、信長の天下を継いだ。いや、奪った」

家康は織田信長、豊臣秀吉に敬称をつけなくなった。

「本来ならば、豊臣の天下が続くはずであった。しかし、秀吉は天下の大きさをまちがえた。天下はもっと大きいと思い込んだのだ。時代も悪かった。南蛮人がこの国に来て、他にも多くの国があるという知識をもたらした。これに秀吉は惑わされた。たしかに本邦は秀吉を天下人として認めた。だが、他の国々は秀吉の名前すら知らぬ。これでは天下人と言えぬと秀吉は、矛《ほこ》を収めなかった」

「朝鮮侵攻をしたのは、そのような理由で」

頼宣が唖然とした。

「止めたぞ、儂は」

家康がため息を吐《つ》いた。

「遠国を攻めるのは大変である。そなたも戦は二度目じゃ。駿河から大坂が遠いことくらいはわかっておろう」

「はい。じつに十日以上かかりましてございまする」

「兵たちの食事、馬に喰《く》わせる秣《まぐさ》、煮炊きの炭など、十日ほどでも小荷駄は数えきれぬくらいに同行せねばならぬ。それが海を渡って異国じゃ。大名の負担は想像を絶する」

「わかりまする」

頼宣が首を縦に振った。

「豊臣秀吉はそれを強行した。さて、そうなれば軍役を命じられた大名たちはどう思う」

「不満を持ちましょう」

家康の問いに頼宣が答えた。

「半分じゃな」

合格には達していないと家康が首を左右に振った。

「なにが足りぬのか、お教えくださいませ」

頼宣が正解を求めた。

「その金をどこから捻出するかで頭を悩ますことになる」

「金……」

天下人の息子として生を受けた頼宣は金のことを気にした経験がなかった。

「戦は金じゃ。金がなければ武具も調わぬ。兵たちを喰わすこともできぬ」

家康が頼宣の目を見た。

「武勇で戦が決まったのは、五十年前までよ」

「五十年前……」

頼宣が怪訝《けげん》な顔をした。

「鉄炮が本邦に入ってきたときから、戦は金のあるなしで決まるようになった。なにせ鉄炮を遣《つか》えば、足軽が名だたる武将を仕留められる。槍の届かぬ位置から鎧《よろい》を射貫くのだ。しかも弓のように鍛錬も要らぬ。ただ、金がかかる。

鉄炮自体も高いが、一発ごとに消耗する玉薬《たまぐすり》が馬鹿にならぬ。まだ三河の国主だったころの儂《わし》ではとても数を揃えられなんだ」

「…………」

戦話の好きな頼宣が興味津々《しんしん》と聞き入った。

「それをしてのけたのが、信長だ。尾張《おわり》は豊かな土地だった。米の稔りもよい。常滑焼《とこなめ》という特産物もある。さらにそれらを売りさばくのに最適な津島《つしま》の湊《みなと》を有していた。信長は尾張を統一する前に数百挺の鉄炮を手に入れられていた。それは美濃《みの》、近江《おうみ》、そして堺《さかい》を支配するにつれて増え、長篠《ながしの》合戦、知っておるか、かの武田《たけだ》を再起不能にした戦いを」

「知っておりまする。天下無双と言われた武田軍を織田家と大御所さまで完膚《かんぷ》なきまでに叩きのめした」

頼宣が興奮気味にうなずいた。

「儂は見ているだけに近かったぞ。なにせ織田が用意した鉄炮は三千挺であったからな」

「三千でございますか」

今回の戦いに、幕府だけで五千をこえる鉄炮を持ち出している。諸大名の持参した分を加えれば、余裕で一万挺をこえる。

頼宣が意外に少ないという顔を見せた。

「本邦の鉄炮をすべて合わせても一万に届かぬころの三千ぞ。しかも織田はまだ天下を手にはしていなかった」

家康が時代が違うと苦笑した。

「まあ、とてつもない数だと思っておればいい。それだけの鉄炮を一度の戦で遣った例はなかった。攻められる武田も初めて、まともに鉄炮の一撃を食らったわけだ。背中に傷なしの馬場《ばば》美濃守信春《のぶはる》、赤備えの山県三郎兵衛尉昌景《やまがたさぶろうひょうえのじょうまさかげ》など武名で鳴り響いた武田の将が、名前も残らぬ足軽によって殺された。名将を得るのは難しいが、鉄炮は金さえあれば備えられる」

「武将より金でございますか」

「一概にそうとは言えぬがな。兵を率いる才能を持つ部将は金よりも貴重だ。そうよな、儂の手元におる者でいえば、安藤帯刀《あんどうたてわき》、水野対馬守《みずのつしまのかみ》たちよ。先ほどの話と矛盾するが、一万の鉄炮隊があってもそれを遣える武将がおらねば、ただ無駄撃ちをするだけで戦には勝てぬ。長篠で鉄炮隊が武田の猛将を撃てたのは、信長があったればこそである」

「信長公……」

会ったこともない英傑に頼宣が思いをはせる表情をした。

「吾《わ》が息子の誰も信長を知らぬ。次男秀康は生まれていたが、まだ幼く信長と顔を合わせておらぬ」

家康が遠くを見つめるように目を漂わせた。

「大御所さま、信長公のお話をもっと聞かせてくだされ」

頼宣が強請《ねだ》った。

「知ってどうする」

家康の雰囲気が変わった。

「えっ」

「信長のことを知ってどうするのだ」

予想外のことに固まった頼宣へ、家康が同じ問いを重ねた。

「英傑に学び、一廉《ひとかど》の武将に……」

「これからも戦は続くと申すか」

「……………」

家康に睨まれた頼宣が言葉を失った。

「それはこれからも徳川の幕府が安定せぬということぞ」

「そ、そのようなつもりで……」

頼宣が何度も首を横に振った。

「それに信長に学ぶことなどはもうない」

「なんと仰せに」

冷たく織田信長を否定した家康に、頼宣が目を剝《む》いた。

「乱世に生きる武将の目的はなんだ」

不意に家康が問うた。

「武将の夢は天下を獲ることでございまする」

頼宣がすぐに答えた。

「違う」

間を置かず、家康が否定した。

「で、ではなにが目的だと」

頼宣が戸惑いながら尋ねた。

「家を存続させることじゃ。それ以外にない」

家康が断言した。

「……家を存続させる」

まだ若い頼宣が首をかしげた。

「徳川の血筋を絶やさず、百年、二百年と将軍であり続ける。それが儂の目的である」

「大御所さまの……公方さまのお仕事ではなく」

現将軍である兄秀忠の役目ではないのかと頼宣が疑問を呈した。

「もちろん秀忠の、そしてそなたの仕事でもある。だが、その前に儂の役目である」

頼宣の疑問に家康が応じた。

「天下を獲る。これだけでも困難である。なにせ、天下の大名のなかから、ただ一人だけじゃからの。儂はかの武田信玄《しんげん》、上杉謙信《うえすぎけんしん》、毛利元就《もうりもとなり》、長宗我部元《ちょうそかべもと》親《ちか》、北条氏康《ほうじょううじやす》らが望んで叶わなかった天下統一を成し遂げた」

「はい、大御所さまでなければできぬことでございまする」

頼宣が同意の声をあげた。

「だが、それならば信長、秀吉でもできた。信長は覇業の途中で非業の死を遂げたが、生き延びておれば天下を治めた」

家康が嘆息した。

「認めておられるのですね」

「いいや、覇王としては尊敬もしておるが、恨んでおるわ」

より強く家康が頰《ほお》をゆがめた。

「恨んでいる……」

頼宣が予想もしていなかった家康の反応に絶句した。

「信康《のぶやす》のことよ。そなたも名前くらいは知っておろう」

「長兄どので、たしか武田に通じたとの疑いで自裁を命じられた」

確かめた家康に、頼宣が答えた。

「ふん。落ち目の武田に尾を振るほど、あやつは愚か者ではなかったわ。それも信長の策であった」

家康が吐き捨てるように言った。

「信長公が長兄どのを譏《ざん》した……」

「そうよ。信康を貶《けな》さなければならなかったのだ、信長は」

「なぜに……」

「信康のほうが、信長の嫡男信忠《のぶただ》より優れていたからだ。信康は今川《いまがわ》の血を引く、足利将軍家の末葉であった」

家康の妻で信康の実母築山《つきやま》の方は今川義元《よしもと》の姪にあたる。そして今川家は吉《き》良《ら》家の分家で、吉良家は足利家に近い親族であった。

「足利に人なくば、吉良から将軍が出る。吉良に人がなければ今川から出す」

今川はそう言われたくらいの名家なのだ。

「対して、織田は越前の神官を祖とし、その国の守護斯波《しば》氏が尾張の守護も兼ねたことで移住、そこで勃興した国人領主。さらに信長はその織田の分家の分家。さらに信忠の生母は木曽《きそ》川の運上を司《つかさど》った国人生駒《いこま》氏の娘。血筋でいけば信康の圧勝じゃ。さらに信康は長篠合戦で兜《かぶと》首をいくつもあげている。自らの槍を振るうこともなかった信忠とは、武名でも差がある」

「ですが、長兄どのは信長公の娘婿であられたはず。一門をけなすなど」

頼宣が理解できないと混乱した。

「たしかに信康の正室として信長の娘五徳《ごとく》が嫁いできた」

「お子もできていたと」

「それがよくなかったのよ。信康は織田の血は引いていないが、その子は信長の孫になる」

「先の話すぎましょうに」

孫の代となると早すぎる。頼宣があきれた。

「それだけ信長はお家騒動を怖れていたのよ。なにせ信長が兄弟ともめたからな」

「……知りませぬ」

「当然じゃな。そのころのことは儂もよくは知らぬ。しかし、信長は兄弟と家督を争ったのはたしかじゃ。異母兄と同母弟であったか。どちらにせよ、お家騒動は力を落とす。信長はそのお陰で尾張統一に随分と手間を取られた。あれがなければ、織田の天下統一はなっていたかも知れぬ」

語った家康が頼宣に顔を向けた。

「そなたは徳川もお家騒動を起こしたことを知っておるか。ああ、あのころはまだ松平であったがの」

「大御所さまがお家騒動を」

「儂ではない。父と祖父じゃ。織田と違って血族ではなく、家臣に当主が斬られるというものではあったが、そのせいで三河一国を支配していた松平家は衰退、儂は今川へ人質に出された」

「そのお話は伺っておりまする」

家康は今川で人質になっていたころの話を、子供たちや家臣たちによく述べていた。

「今川の属国にまで墜ちた松平、いや徳川が天下を獲った。その理由がわかるか」

「大御所さまのお力でございましょう」

頼宣が家康の力だと言った。

「違うぞ。織田と豊臣が崩れたからよ」

「……………」

「わからぬか。信長が死んだ後、織田はお家騒動を起こした。信長と信忠の二人を失ったことで、家督を巡って次男の信雄《のぶかつ》と三男の信孝《のぶたか》が争った。信康を死なせてまで織田の家督を守ろうとした信長の思いは、息子たちには通じなかった。あれがなければ、織田は天下一の大名であり得ただろうし、豊臣秀吉の台頭はなかった」

「豊臣が崩れたというのは……」

「争いを止めなかったことで、諸大名の恨みを買った。異国へ攻めいって多くの金と人を失わせておきながら、戦の最中に秀吉が死んでしまった。これで大名たちは褒賞をもらえなくなった。武士はご恩と奉公じゃ。奉公させたならば、それに応じるものを与えねばならぬ。幼かったとはいえ、秀吉の跡を継いだ秀頼はそれをしなかった」

「いたしかたないのでは、幼児に求めても……」

「秀吉が愚かだったのだ。秀頼の側にもっとまともな者を置けばよかった。淀から引き離し、天下人としてすべきことを教えていれば、関ヶ原で負けていたのは儂であったろうよ」

仕方ないのではと言いかけた頼宣に家康が説いた。

「天下はいつ奪われるかも知れぬものである。そして天下人はいつも狙われている」

家康が一度言葉を切った。

「運もあった。賭けもした。お陰で天下を獲った。なれど、獲っただけでは天下人とは言えぬ。天下人は代を継いでこそ、世の安寧を続けてこそじゃ。兄弟が争うお家騒動など起こしてはならぬ。ゆえに儂は将軍を二年で秀忠に譲った。儂が死んでからだと、要らぬことをしでかす者が出るかも知れぬからじゃ」

「では、家光《いえみつ》さまに三代目の継承をお決めになられたのも……」

「よく気づいたの。そうよ。あのままでおけば、家光を廃し忠長《ただなが》をとなりかねなかった。そうなれば家光を担いで天下にふたたび騒乱を招こうと考える者が出かねぬ」

家康は次男忠長を溺愛する秀忠を諫め、長子相続こそ徳川家の決まりであると天下に宣言していた。

「大御所さま、公方さまより使者が参りましてございまする」

陣幕の外から小姓の声がした。

「通せ」

家康が許可を出した。

「千姫さまの願いとして前右大臣、生母さまの助命嘆願が参りました。どのようにいたせばよいかと公方さまが……」

「許さぬと伝えよ。豊臣の血筋を残すことはならぬ」

使者に最後まで言わせず、家康が断じた。

「はっ」

険しい対応の家康に追い立てられるように使者が去った。

「…………」

厳格な家康に頼宣が呆然となった。

「なんども言うが、天下を乱してはならぬ。それは徳川の滅亡、すなわちそなたちやその子孫の死に繋がる」

まだ萎縮している頼宣に家康が付け加えた。

「そなたは覇気がありすぎる。乱世ならば儂はそなたに天下を譲った。なれど泰平には向かぬ。天下に比べれば小さいが、今儂が手にあるすべてを譲ってくれる。我慢をいたせ」

家康は頼宣の危うさを見抜いていた。それゆえに頼宣を傅育役《ふいく》に任せることなく、手元で教育してきた。しかし、大御所として天下の仕置きもしなければならなかった家康にはときが足りなすぎた。

「兄弟仲良くとはいくまい。ただ、争ってはくれるなよ。徳川のために辛抱せい」

秀頼と淀を殺せと言ったときの冷酷さを消した家康が、頼宣の背中に触れた。

「さあ、公方どのにお祝いを申しあげてくるがよい」

「はい」

そのまま背中を押された頼宣が、勇んで秀忠の本陣へと向かっていった。

「……似ておるの。それだけに危うい」

家康が頼宣を見送って呟いた。

「信康も将たる器であった。余よりよほど戦もうまかった。それが悪かった。たしかに乱世であったのだ。勝てぬ将に人は付いてこぬ。だが、覇気を表にしすぎるのも敵を作る。信長を怖れさせてはならなかったのだ。天下を狙う者は、今ではなく未来《さき》を見据える。だからこそ信康は排除された。織田の天下に信康の居場所はなかった。いや、徳川の場所もな。もし、明智が謀叛をしてくれなかったら、燃え上がっているのは大坂城ではなく、浜松城であったろう」

独りごちながら家康が黒煙に包まれた大坂城へ目をやった。

「あと三年、あと三年明智が早く謀叛してくれれば……いや、他人に任せるべきではないな。余があの日までに駿河を支配できていたら……徳川の力をはばかって、信長も信康への手出しはできなかっただろう。三河、遠江、駿河の三国を合わせれば百万石に近い。一向一揆、毛利、長宗我部らを相手にしている織田に徳川を敵にする余裕はない。もし、武田と北条と同盟でも組めば、織田の本国尾張、美濃も危なくなる。それができなんだ。儂の力が不足であった」

家康が続けた。

「信康よ。徳川は今天下人として確立した。だが、これはそなたの犠牲の上のもの。子の命を代償にした天下。徳川にとっては大きいが、儂にはさほどの価値はない。そなたのぶんも働いたが、もう終わりじゃ」

嘆息した家康が瞑目した。

魔王

松下隆一

1

とうとう俺も亡霊を見るようになった。

それを戯言《ざれごと》の如《ごと》く酒井《さかい》のジイに打ち明けると、「そうなれば殿もひとかどの武者。実にめでたい」と豪快に笑い飛ばした。釣られて笑ったが、顔が強張っているのが自分でもわかった。俺はジイほどの豪胆さを持ってはいない。

とにかく近頃は夜な夜な枕もとに亡霊が出るし、夢も見る。鬨《とき》の声が聞こえ、甲冑《かっちゅう》を擦る音が鳴ったかと思うと、暗闇の中にいくつもの青白い顔の群れが浮かぶ。年寄りもいれば若者もいる。中にはまだ子どもではないかという顔えって恐ろしい。苦悶や憎悪に満ちた顔ならまだしも、どの面も無表情で、それがかも見える。

いったいこれまで俺は幾人の敵兵や臣下、商人や百姓たちを殺してきたか。千人や二千人どころではないにちがいない。戦は勝っても負けても人が死ぬ。優れた将とは戦をしないで勝つ者だと、孫子《そんし》から学ぶより以前に俺にはわかっていた。戦とは始めればその時点で負けなのだ。勝者などは存在しない。

それを思えば今、隣に座している信長《のぶなが》という男は、どれだけの亡霊を見ているだろう。伊勢長島《いせながしま》での戦では二万、越前《えちぜん》では一万、伊賀《いが》では三万か……。年寄りや女、子どもも、敵となれば容赦無く首を斬り落とし、屋敷に閉じ込めて無慈悲に焼き殺した。阿鼻叫喚の地獄絵に、見ていた兵の中には心身に変調をきたす者も少なくないと聞いた。信長も尋常ではない数の死者の亡霊を見ているはず。だがこの男は敵を根絶やしにするために平然と殺戮を続けている。

四日前、饗応役の明智光秀《あけちみつひで》と会ったが、戦をやりすぎて亡霊に追い詰められ、完全に感情を喪失させた顔だと思った。いや、心を殺された顔と言ったほうがしっくりとくる。面どころか、泥でつくった人形の顔だ。信長のような男に翻弄され、酷使される身ともなればそうなってしまうのだろう。

一昨日は中国で毛利《もうり》を攻略しようとしている秀吉《ひでよし》から援軍要請の早馬が信長のもとに来たという。早速信長は饗応役を解いて光秀に出陣を命じたと聞いたが、今頃は坂本《さかもと》で支度をしていることだろう。表向きは二つ返事で「御意《ぎょい》」と言いながら、下僕同然の扱いに内心ではきっと忸怩《じくじ》たる思いにちがいない。少なくとも俺ならそう思う。気にかかったのは、光秀が俺と一度も目を合わせようとしなかったことだろうか。恐れ多いといった心情のあらわれではなく、明らかに避けていた。用心深い男だ。日頃より心情を気取られぬようにしているのにちがいない。

それにしても、今目にしている梅若大夫《うめわかたゆう》とやらの猿楽は何ともお粗末ではないか。その前に演じた幸若《こうわか》大夫の舞が素晴らしく、信長もたいそうご機嫌となり、まだ日のあるうちに猿楽も見たいと急遽《きゅうきょ》命じられたという事情はあるにしても、腰に力が入っておらず満足に構えができていないことがひと目でわかる。流麗さの微塵もなく、明らかに硬さが見て取れる。さぞ信長も機嫌を損なうだろうと思っていると、案の定、信長は立ち上がり、梅若大夫に大股で近づくと、いきなり手にした扇子《せんす》でその面を強かに打ち据え、足蹴にした。

「このうつけが！」

怒号が響き渡った。これ以上は見ていられないと思い、小用でも足そうと席を立った。すかさず小姓の直政《なおまさ》がついて来る。

武田《たけだ》軍を討ち破って甲斐《かい》からの帰陣の道中、俺は道を整備し、歓待に次ぐ歓待をして信長を迎えた。それを受けての此度の安土《あづち》での饗応だったが、幸若大夫の舞までの流れは完璧であっただけに、台無しにする猿楽であると激怒したのだろう。信長らしい怒りだ。

背中で梅若大夫が詫《わ》びを入れる悲痛な声を聞きながら、微かな違和感を抱く。梅若大夫の猿楽を脳裏で反芻した。猿楽は俺も嗜《たしな》み、親しんでいるから多少のことはわかる。梅若大夫のそれは石のように硬く、尋常でない緊張に晒《さら》されていた。この違和感は何だろう。いつもの癖で将棋の駒を一手一手指すように、じっくり考えながら厠《かわや》に向かって歩いた。

2

「あれは惟任日向守《これとうひゅうがのかみ》光秀さま配下、梅若広長《ひろなが》と申す丹波《たんば》国の豪族。もとは梅《うめ》津《づ》と名乗る猿楽の名家でございます。祖父、梅津景久《かげひさ》なる者が朝廷に召された際、若き身ながら舞が見事だと、御上より若の一字を賜《たまわ》って以来梅若と称したとのことでございます」

小用を終え、手水《ちょうず》のところで控えている直政に梅若大夫の素性を尋ねると、そんな答えが返ってきた。

「さようか」とだけ言ったが、それほどの名家を継ぐ身でありながらあのざまは何だろうと、いよいよ不審に感じた。

目を上げると摠見寺《そうけんじ》の三重塔が見える。柱や回廊に朱をあしらってはあるが、低く、陰鬱な塔に感じた。暗い雲が空を覆い、生温い微風が吹いている。

そのうち目を合わせようとしなかった光秀の様が思い浮かぶ。いきなり針で刺されたような勘がはたらいた。

光秀は俺を討つのではないか？

思いもよらない疑念だった。そんなはずはないと断ち切ろうとしたが、戦場で次々に浴びる返り血の如く拭い去れない。梅若大夫の失態は、光秀の謀《はかりごと》を知っているがための、極度の緊張のあらわれではないか。もしかしたら一番槍を任されているのかもしれぬ。それなら俺を前にしての緊張も納得がゆく。光秀が目を合わせようとしなかったのも、謀を気取られまいとしてのことか。つまり、中国への出陣は偽りで、光秀は信長に命じられて俺を討とうとしているのではないか。

もはや俺と信長の地位は対等ではない。戦功により駿河《するが》国を拝領したが、それは信長の一大名となった証《あかし》でもある。このほどの明智邸における饗応も将軍の御成と同様にせよというのが信長の望みであったと聞いた。ゆえに軍を率いての安土入りはならぬとの仰せであり、俺は酒井のジイや石川数正《いしかわかずまさ》など、わずかな家臣たちを引き連れて来ているだけだ。

俺を討てばいずれは東国は信長のものとなるだろう。俺はもともと信長の手足になるつもりなどさらさらない。織田《おだ》家を打ち破ることは父上の、いや松平《まつだいら》家の悲願であった。悲願を成就《じょうじゅ》した時、天下は俺のものとなるはず……信長はそんな俺の心を読み切っているのか。

重臣らに話せばあり得ないと言うかもしれない。だが今の世はあり得ないことが現実となるものだ。俺は妻の瀬名《せな》を殺《あや》め、我が息子の信康《のぶやす》を切腹させた。何が起きても不思議はない。人間が人間ではなくなり、獣にでも神にでもなるのが今の世だ。単なる思い過ごしということもあるが、俺は石橋を叩いて割ってしまうほどの慎重な性格だった。念には念を入れてその証を立てねばなるまい。

「殿、何か……？」直政が気配を察して訊く。

「吾《われ》らは明日、安土の城に招かれ、明後日は京に参るのであったな」

「さようでございます。京を見物しました後は大坂や奈良、堺に参ると聞いております」

「半蔵《はんぞう》に命じて、今すぐに惟任日向守どのにかかわる動きを探って参れ」

直政は顔に怪訝《けげん》な色を浮かべて俺を見る。

「どのような些細なことでもよい。坂本でも亀山《かめやま》でも京の明智屋敷でもすべてを探れ」

強い目で言うと尋常でないものを気取ったか、「は」と直政は硬い表情で言い、去って行った。

俺はもとの席に戻った。信長の機嫌はすでに直っていた。見苦しいものを見せたが、口直しに今ふたたび幸若大夫の舞を見せると言う。心はもうあらぬほうへと向かっていたが、「それはまた変わった面白い趣向で、よろしゅうございますな」と笑顔で答えた。

幸若大夫の舞が始まる。俺はもうそれを観てはいない。信長を横目で見れば、彼は子どものように目を輝かせ、夢中になって見入っている。そのわかりやすい、純粋で残酷な気質は、俺が織田家に人質となった時分からよく知っている。一度、血だらけの衣服を身にまとい、まだ八つの俺の前に姿をあらわしたことがあった。

「よいか竹千代《たけちよ》。喧嘩は殺すか殺されるかだ。赦《ゆる》せば殺される。敵とあらば絶対に赦してはならぬぞ。必ず息の根を止めるのだ」

　そう言うと彼は去って行った。血の匂いと、畳に血の跡が残されていた。

　幸か不幸か俺は三歳で生き別れた母上からたいそう愛《め》でられた。ことあるごとに、機嫌をうかがう手紙が送られてきた。その文字ひとつひとつに慈愛を感じた。涙が滲んだ文字もあった。慈愛は血を遠ざける。だから俺は情け深いとは言わぬが、思慮深い性格になったのかもしれぬ。

　信長は感情を剝《む》き出しにするが、俺は抑える。信長は力で力を得るが、俺は忍耐で力を得る。信長より勝るとすればその点においてより他にないと考えている。決して感情のままにものは言わぬ。他者に心を読まれぬよう、顔色ひとつ変えない。いかなる場合も喜怒哀楽を捨て去った。この乱れて腐り切った世の中で、一番の智恵は沈黙と無にほかならない。

　だがそれにしても、光秀を使って俺を討つなど、信長はそんな策士ではなかったはず。かと言って光秀が独断で決めたとも思えない。俺の直感も亡霊によって鈍り、惑わされるようになってしまったのか……。

3

その一報が届いたのは夜明け近くだった。俺は夢を見ていた。瀬名と信康があらわれた。いつもとちがい、闇夜に浮かぶ青白い顔は笑っていた。亡霊となっても笑うことができるのかと不思議に思っているうち、

「殿——」という直政の声で目が覚めた。

屋根を打つ雨音が聞こえている。寝汗で背中が濡れていた。

「入れ」

俺は身を起こした。自分の体でないように重い。音もなく襖《ふすま》を開いて直政が入って来る。暗闇に衣擦れの音がした。

「殿の命に従いまして——」

「前置きはいらぬ。要点を話せ」

「は。京の二条にございます明智屋敷よりここ数日、物乞い、物売りに身をやつした間者が四名、密かに出でまして、物見をしておるとのことでございます」

「行き先は」

「本能寺《ほんのう》にございます」

「……本能寺」

「は。此度の殿の饗応の後、六月の朔日《ついたち》でございますが、信長公は本能寺にて盛大なる茶会を開かれるとのことでございます」

「さようか……」

暗闇に目が慣れ、両手をついて頭を垂れている直政の影が見える。雨音が静けさを引き立てる。俺は何も思わず、淡々としている。誰かがいる場では何も考えないようにするのが習性だった。しじまの中で直政が息をのむ音がする。

「大儀であった。探った者には褒美《ほうび》をとらせよ」

「は」直政は一礼し、出て行った。

俺はまた横になった。雨の匂いを嗅《か》ぎながら、しばし茫然となった。自分を取り戻すまでに時がかかった。

光秀の獲物は俺ではなく信長であったのか……梅若大夫の失態は、信長を前にしての緊張であったのだ。

武将が飛ぶ鳥を落とす勢いのある、一番光り輝いて見えるその時、すでに転落が始まっている。登るのは難いが転がり落ちるのは実に容易《たやす》い。そんな奴らを今までどれほどこの目で見てきたことか。慢心が油断を呼び、身の破滅を招く。信長の今がそれだ。よもや飼い犬に手を噛《か》まれるとは、さすがの信長も思いもしないだろう。

いや、能書きはやめよう。早い話が選ぶ答えは二つに一つ。則《すなわ》ち——信長に光秀謀《む》反《ほん》の動きありと伝えるべきか否か。

このまま放っておいて高みの見物と洒落《しゃれ》込んでもいいが、火事場が近すぎてこちらに火の粉が降りかかるのは避け難い。光秀側に細川藤孝《ほそかわふじたか》や筒井順慶《つついじゅんけい》がついたのなら、軍を持たぬ今の俺などひとたまりもないだろう。もしそれが起きればすぐさま三《み》河《かわ》に戻る手《て》筈《はず》を整えておかねばならぬ。

幸いにも、その時を迎えるまでにはあと十日ある。よく考えてことに及んだほうがいい。暗闇がだんだんと白んでくる。俺は深く息を吸い込む。いちだんと濃い雨の匂いが鼻腔から体内へと入り込む。心地よかった。自然の匂いは裏切らない無垢なるもの。血腥《ちなまぐさ》い結論は少し後にまわしても遅くはない。もう一眠りしようと思い、俺は目を閉じた。

4

長い石段をひたすら登らされ、肥えた身には応《こた》える。息が切れるばかりだった。しかも蒸し暑く、汗が滴《したた》る。「殿」と直政から差し出された手布巾で顔の汗を拭う。一陣の風が吹く。安土の山の緑が揺れて葉が鳴った。火照った肌には幸いだ。だが風は続かず、再び不快な暑さに晒される。そんな中にあっても俺は始終、本能寺の一件を信長に伝えるべきか否か、その答えを思案している。

石段を登り切ると、そこには五層七重、地上六階地下一階という城がそびえ立っていた。天守の五階は鮮やかな朱の柱で囲われた八角の造りとなっており、最上階は金箔で覆われている。曇天の下、金の鯱《しゃち》が鈍く光っていた。その鯱を狙うかの如く、柱には、見事な昇り龍の彫刻が施されている。わずか三年の歳月でこれほどの城を造らせるとは、信長の力を見せつけられるようであった。

しばしの間、家臣らとともに城を見上げた。酒井のジイなどは「見事でござりますな」と感嘆の声をあげて見惚れていたが、俺には田舎《いなか》者の趣向にしか見えない。負け惜しみでも何でもなく、建物でも器でも、豪奢《ごうしゃ》な物を持つことで威容を誇る意味がわからない。

「天守にて上様がお待ちでございます」

光秀から饗応役を引き継いだ丹羽長秀《にわながひで》が言った。その物腰に、城の普請《ふしん》を任され、無事に役目を果たしたという自負が籠《こ》もっている。この男であれば信長の足の裏でも舐《な》めるだろうし、謀反のふた文字などあり得ないだろうと思いながら、御門から城の中へと入って行った。

驚いたことにこの天守は地下の中央に宝塔が据えられ、四階の高さまで吹き抜けとなっていた。この安土の城を日ノ本の中心とする、つまりは天下を統一するという強い意志を感じる。単なる田舎者の発想では思いつかぬことだ。これには俺も胸の内で唸ってしまった。

しかも五階の八角の間は床板や外柱は朱の漆《うるし》塗り、内柱や壁には眩《まばゆ》いばかりの金箔が押されていた。壁には見事な飛龍や鯱、釈迦説法の画が描かれている。

「ここが上様の間でございます」と丹羽は言って、中央に置かれた真新しい畳二枚を手で指し示す。そして「先だっては南蛮人の宣教師をご案内しましたが、このような美しい偉大な城は南蛮においても見当たらないとの仰せでした」と、得々として言う。

天守の最上階に上がると三間四方の間で、黒漆で塗り、壁面全体にはやはり金箔を押し、色とりどり、三皇五帝、老子、孔子、七賢などが描かれている。俺は驚きを超えて言葉もなく、その絢爛たるあつらえに茫然となってしまった。

香木の香りが漂っている。きっと正倉院の宝物、蘭奢待《らんじゃたい》を焚《た》いたのだろう。足利《あしかが》家の将軍たちが切り取ったもので、信長もそれにあやかったと聞いている。その香りを嗅ぎながら、俺は今、信長という男の、血ではなく、骨を押しつけられ、食らわされているのだと感じた。

「お連れいたしました」丹羽は頭を下げて言った。

開け放ったその向こう、背を向けて廻縁《まわりえん》に立つ人影がある。信長だった。皆、彼の背中に見入った。昨日は胴服《どうぶく》を着ていたが、今日は色鮮やかな緋色の羅紗の具足羽織を羽織っている。袖《そで》のない奇妙な形をしていた。その肩越しに曇り空が見えている。彼は石仏のように動かなかった。

「三河どの、これへ」信長は振り向きもせず、短く言葉を発した。

その声が終わるより前に体が動きだし、信長より半歩ほど斜め後ろ、廻縁に立った。遠くに暗い山並み、海の如く広大な湖、城下町、田畑が見え、二、三の船が動き、蟻のように小さな人々が蠢《うごめ》いている。それらは両手の内にすっぽりと収まるほどの遠望だった。

ひんやりとした風が吹き、軒の隅に吊るされた風鐸《ふうたく》が涼やかに鳴る。

「のう三河どの……」と信長は前を向いたままで言った。

「何でございましょう」

だが信長は答えず、わずかに顔を上にむけて空を見た。同時に雲の切れ間からにわかに陽が射す。みるみる光線が四方に広がり、山や湖を群青に輝かせ、城下町や田畑を飲み込んだ。その瞬間、俺はひとつの確信によって胸を激しく衝《つ》かれる。

この男にとって、天下とは日ノ本だけでなく、この世界すべてなのだ。

だが、彼が天下を取れば、さらにどれだけの血が流されるかと思うと背筋が寒くなる。何十万と人を殺すのはただの余興にすぎなかった。本当の殺戮はこれから始まるのだ。信長なら何億もの亡霊が出ようとも、薄ら笑いを浮かべて戯《たわむ》れてみせるだろう。

ひどくゆっくりと信長の首が捻《ひね》られ、俺に顔を向けて見つめた。とても大きな眼をしている。瞳は幾層にも色が重なり、奥底は見えない。何の感情も読み取れなかった。俺は震撼《しんかん》する。それは人間の面ではなく、神仏をも超越した魔王のそれであった。釈迦も耶蘇《やそ》も孔子も老子も踏み潰し、たとえ刹那であっても天下に君臨しようとする大悪の面。俺は体の慄《ふる》えを抑え、胸の内を気取られないようにするのが精一杯だった。

魔王は微笑《ほほえ》む。俺も笑みを返そうとしたができず、ただ顔をわずかに歪《ゆが》めただけだった。ただただ圧倒的な敗北感に見舞われていた。だがその敗北は少しも屈辱的ではない。俺は亡霊を恐れる人間でよかったと安堵するだけであった。そしてこのとき心に決めたのだ。

信長には光秀謀反の動きを告げるまい、もう忘れてしまおう。

気づけば信長は前を向いていた。さっきの微笑みが幻にも感じる。陽が翳り、世界が色を失う。思わず目を閉じる。地獄に匹敵するこの世の中で、先のことを何か考えたとて、すべてが無駄に感じる。なるようにしかならないのが世の常だ。もう何も考えるまいと思った。

ふたたび風が吹く。風鐸が鳴る。その美しい音色に陶然となり、沈黙と無の時を俺は心ゆくまで味わった。

賭けの行方　神君伊賀越え

永井紗耶子

この思いを何と表せばいいのだろう。

家康《いえやす》は目の前にいる茶屋四郎次郎《ちゃやしろうじろう》を見据えながら、返す言葉に窮していた。

茶屋は言ったのだ。

「信長《のぶなが》様が討たれました」

天正《てんしょう》十年六月二日。

家康は堺《さかい》から京へ向かう途上、飯盛《いいもり》山の山道にいた。

武田《たけだ》討伐が成り駿府《すんぷ》を手に入れた家康は、先月、その功を労いたいと信長から の誘いを受けて安土《あづち》城に入った。よもや軍を率いていくわけにもいかず、重臣たちと三十人余りで出向いたのだ。安土城での手厚い歓待の後、信長は更に、

「本能寺で茶会を催す故《ゆえ》、参られよ」

と家康を誘った。

本音を言えば気乗りしない。駿府は未だ盤石とは言い難く、長の留守は気がかりだ。しかし今、ここで信長の不興を買うことはできない。

「ぜひに」

と、愛想よく答えてしまった。

茶会までの日を、物見遊山をかねて堺で過ごしていた。活気あふれる商人の町の様子や、異国から届く珍品を眺めながら、

「駿府の港にも、異国船を招こうか」

と、新たな構想に思いを馳せた。

そしてようやっと、信長の招きに応じるべく堺を発って飯盛山までたどり着いたのだ。一行の装いは、遠出の鷹狩に来たような軽装で、武具など着けていない。無論、刀を携えてはいるが気楽な道中……のはずであったのだ。

「今、何と申した」

茶屋に問う家康の声は震える。

「ですから、信長様が討たれたのです」

茶屋の言葉の後に続いた沈黙を破るように、どこかで雉《きじ》が甲高い声で鳴い

た。

その声で家康は我に返った。

「誰に」

「明智《あけち》光秀《みつひで》様であると」

まさか、という思いと、やはり、という思いの双方が沸き起こる。

まさか、と思うのは、都や宮中の事情に精通し、同時に戦においても数々の功を上げて来たあの冷静な明智を知っているからだ。

やはり、と思うのは、つい先日の有様だ。家康の饗応役となった明智に対し、信長は苛立った様子で、「この金柑頭が」と罵倒して蹴り倒した。明智が強《したた》か額を打ち付けて流血した。家康は慌ててとりなそうとしたが、明智が目配せでそれを止めた。何とまあ、冷静なことかと思ったが、信長の心持に振り回されるのは御免だという思いは、家康にもよくわかる。

そも、家康とて討ちたい思いがなくはない。

三年前、家康は信長の命により、妻である築山《つきやま》殿と、我が子、信康《のぶやす》を斬った。二人が武田に通じているという理由であった。確かに真っ白かと言われればそうではない。いずれの陣営が勝つか負けるか分からぬ戦国の世であれば、敵の敵は味方になり得るし、味方もいつしか敵になる。さすれば、方々に味方となる縁を結ぶのは、当然のことだ。それをして裏切りだ、密通だと言われたのでは生き残れない。

だが信長に逆らい、築山殿と信康を守るとなれば、一族郎党が討ち滅ぼされる。これまでの信長の戦いぶりを見てくれば、明らかだ。

家康は苦渋の選択として、妻子を斬る道を選んだのだ。

以来、信長への怒りは熾火《おきび》のように腹の底に燻《くすぶ》っている。だが同時に、そうまでして戦を避けた以上、自ら信長を討つ暴挙で家臣らを危難に晒《さら》すつもりは毛頭なかった。

いつか誰かが何処《どこ》かで、信長を討ってくれたらいい。心底ではそう思い続けていたのだ。

それが今、現実となった。

「それで、真に信長様は亡くなられたのか」

家康は改めて問う。茶屋は眉を寄せる。

「そらもう、助かりませんでしょう。何せ、桔梗紋の旗が御寺をぐるりと囲んではって、蟻《あり》の子一匹、逃れる隙もあらしません」

茶屋四郎次郎は、京の商人だ。呉服商と名乗りはするが、その商いは多岐に亘《わた》り、舶来の鉄砲も手配する。更には茶道にも精通しており、名だたる茶人を通して武将間の橋渡しもすれば、都の公家たちとも交遊がある。家康が松平《まつだいら》から徳川《とくがわ》へと姓を改める際にも、茶屋が公卿らを通じて帝に働きかけてくれた。一商人と言うには余りある力を握っていた。

そしてその力の裏には、茶屋が金と人とを使って各地の動向に目を光らせていることもある。その茶屋が言うのだ。間違いあるまい。

「しかしもし信長様が生きておられたら、参じなかった者は罰せられはしまいか。ひとまず京へ向かうべきでは」

そう言ったのは、一行と共にいた、元武田家家臣、穴山信君《あなやまのぶただ》である。信玄亡き後、その子、勝頼《かつより》とは相いれず、信長に内通するようになった。家康が武田との戦に勝てたのは、この穴山の力も大きく、此度の茶会にも招かれていた。

穴山にしてみれば、武将ではない京の商人が駆け付けたところで、その言を信じることができないのであろう。確かに、信長が生きていれば、茶会の招きに応じず、襲撃にも駆け付けなければ、裏切りを疑われることもあろう。

「穴山殿はどうなさる」

家康に問われた穴山は、険しい顔で家康を見据える。歴戦の武将同士、かつては敵だった相手だ。腹を探り合うような視線の交差の後、穴山は一つ大きく息をつく。

「ここは、分かれて参ろう」

不測の事態が起きたのだ。穴山は強かな男だ。今でこそ家康に従っているが、情勢が変われば、家康の首を明智に差し出したとておかしくはない。そしてそれは、逆もまた然り。穴山も家康に疑いを持っている。互いを睨《にら》みあいながら、危うい道行を続けることはない。

「いずれ相まみえよう」

家康に否やはない。いずれの道を行くのかも問いはしない。穴山は自らのわずかな配下を連れて、家康の動きを注視しつつ、そのまま一行から離れていった。

穴山が遠ざかっていくのを見送ってから、家康はふうっと大きく息をつき、近くにあった岩に腰かける。

「して、殿はどうなさる」

問うて来たのは、本多《ほんだ》忠勝《ただかつ》である。幼い頃から家康に仕えてきた六つ年下の腹心に問われ、家康は頭を抱える。

「どうしようか……」

その答えに、忠勝は驚かない。これまで家康の人生に幾度となく訪れてきた分かれ道が再び現れたのだ。この人のこの「どうしよう」という言葉は、弱音とも聞こえるがそうではない。常に己の身だけではなく、率いる者たち、国の者たちを思うからこそ零《こぼ》れる言葉なのだと忠勝は知っている。

その矢先、

「いっそ、腹を切ろうか」

家康の言葉に、さすがの忠勝も茶屋も、家臣たちも驚いた。

「何故に」

「いや、どうせ死ぬのならば、最も良いのはどうすることかと考えるとな」

家康の脳裏には、各地に散らばる勢力図が描かれる。

明智が信長を討った。しかし、明智に信長に代わるだけの求心力があるだろうか。知的で大人しく、相応に人望がある男だと思う。しかし、荒くれる武将たちを一つに纏《まと》め上げるには、足りないものが多い。しかも、戦場で討ち取ったのではなく、こともあろうに、本能寺で寝込みを襲うという所業に対し、追随するには迷いもある。

「一番良いのは、信長様の御為に明智殿を討つことだろうが……」

正直、明智に恨みはない。半ばはよくやったとさえ思っている。だが、ここで明智を討った者は、もれなく信長の権威を引き継ぐ者となれる目が出る。

しかし……と、家康は周りを見回す。

そこにいるのは三十人余。いずれも家康にとって他に代えがたい重臣ばかりである。手勢もないのに、明智の軍に突っ込んでいけば、無駄死にするばかりだ。

「となると、信長様を偲《しの》んで、自ら命を絶ったとするのが、徳川のその後を有利に運ぶことになりはすまいか」

明智がその後をまとめるにせよ、他の誰かが国を平らかにするにせよ、主と仰いだ信長の為に、涙ながらに後を追った者の一族に、無体を働きはすまい。

それはそれで良いようにも思う。

「あちらには、瀬名《せな》と信康もいる」

妻である築山殿こと瀬名と、我が子信康に会えると思えば死ぬのも悪くない。これまで数多《あまた》の戦場で人の命を奪って来た。後世を願える身上でもないが、少しは救われる思いもあった。

「しかしそれでよろしいんやろか。羽柴《はしば》さんがどう動かはるか」

茶屋の言葉に、家康の顔が引きつる。

「羽柴……秀吉《ひでよし》殿が、何と」

「羽柴さんは毛利《もうり》攻めに中国に行ってはりますやろ。この一報、早々に届くはずや。あちらは既に軍を率いてはるから……あのお人のことや、上手いこと目の前の戦を仕舞いにして、こちらに来はるんと違うやろか」

家康は歯噛《が》みした。

あり得る。あの男なら。

羽柴秀吉は、家康よりも六つほど年かさだ。出自は武士ではなく農夫である。しかしその才覚によって信長の草履取りから取り立てられ、見る間に出世を遂げた。確かに戦での武勇もあり、功もある。人たらしでもあって、秀吉のことを高く買っている武将がいるのも知っている。

だが、あの男はいただけない。

己の出自が低いことを、却って武器にしている。教養のなさで足軽たちに親しみを感じさせ、自らを卑下して目上の者を殊更に誉めそやす。

家康はかつて秀吉と囲碁を打ったことがある。秀吉はわざとらしく大敗した。

「いやはや、やはり敵《かな》いませんなあ」

周りにも聞こえよがしな大仰な誉め言葉には、嬉しさよりも寒気を覚えた。

猜疑心の強い家康は秀吉の口車には乗らない。秀吉もそれが分かっているからこそ、家康のことを厄介だと思っている。互いに、信長の前では微笑み合いながら、背後で抜き身の刃を構えているような有様だ。

その秀吉が中国征伐から引き返してくる……いや待て。

「昨晩のことが、既に羽柴殿に届いているのか」

さすがにそれは早すぎる。それに、目の前にいるのは毛利軍だ。戦を仕舞うといっても、易くはあるまい。

しかし茶屋は苦笑する。

「あの御仁は油断なりません。京だけではなく、あちこちに伝達がおりますからなあ」

そういう奴だ、あの男は。商人やら山伏やら忍びやら、怪しげな連中を、金を払って大量に抱え込んでいるらしい。或いは事前にこの明智の動きを知っていたやもしれない。となれば、既に引き返しているのではないか。

家康は再び頭を抱える。

先ほどまでは、信長の後を追って腹を切って有終の美を飾ることを考えていた。しかし、羽柴秀吉の名を聞いた途端、そんな思いは消し飛んだ。

「あの男にだけは譲りたくない」

その思いが沸々と湧いてくる。

あの男が明智を討ち果たした時、家康の死を聞いて、

「惜しい方を亡くしました。生きていて頂きたかったですなあ」

などと、嘘くさい口ぶりで言うのを想像しただけで、無性に腹が立つ。

「生きる。どうにかして、生き延びる」

家康ははっきりと言い切って岩から立ち上がる。が、

「しかし、どうやって……」

と次いで口にして、再び岩に腰を落とす。

ここは堺から京に向かう河内《かわち》飯盛山の山中である。居城の三河国岡崎《おかざき》城へ帰るには、どうすればよいのか。

「絵図面を持て」

地面に広げた絵図面を見ながら、家康は唸る。

岡崎に帰るには、このまま京へ向かい、そこから街道を行くのが常である。しかし今、京には明智の軍勢がいる。軽装でのこのこ出ていけば討たれるだけだ。或いは家康の一行と知れて、明智の軍を手伝うこととなる。

「明智が天下を獲るならば、合流もしようが……」

しかしその図が鮮明に思い描けない。

明智のことは嫌いではない。才知に優れ、冷静で、戦にも強い。しかし、信長に成り代わり、強烈な個性を持つ武将たちを一つにして、天下布武を目指せるかと言えば、答えは否だ。とかく明智を認めている家康ですら、明智を主と仰ぐことはできない。他の武将たちは尚のこと。遠からず明智にとって代わろうと、一斉に攻勢に転じるだろう。

今はともかく、明智には近づかぬが良策だ。

「京へ上るのは避けよう。となると……」

堺へ引き返し、海を渡って岡崎に帰るという手もある。

「それはあきません。伊賀《いが》よりも危ないかも分かりません」

熊野灘《くまのなだ》には、熊野水軍を名乗る海賊が跋扈《ばっこ》していた。信長とは友好的な間柄であったが、この機にどう動くかは分からない。海での戦となれば、およそ助かる見込みはなくなる。もしもこれを切り抜けたとしても、潮の流れや天候によっては、転覆の危険もある上に、ともすると途中で引き返すことにもなりかねない。この戦況で、一日でも遅くなるのは命とりだ。

「ここから白子《しろこ》へ出て、船に乗るのが一番早いでしょうな」

絵図面を睨んだ本多が言う。確かに飯盛山から白子に抜けることができればいい。だが、その道中には伊賀がある。

「伊賀か……」

家康の一行は苦い顔を互いに見合わせ、額を突き合わせてうーん、と唸る。

伊賀は昨年、信長と激戦を繰り広げたばかり。織田《おだ》方の勝利で戦は終結している。

「今は、織田の地でもありますが」

忠勝はそう先を言いよどむ。

伊賀は、小国が互いに繋がり、織田軍五万の軍勢と戦った。しかしその連携が崩れた隙を突かれて惨敗。武士のみならず、百姓や僧、女子どもに至るまで、三万もの民が殺された。中には敗北を認めて織田方についた者もいるが、伊賀の地に残った者の大半が織田方に強い恨みを抱いている。そのため、ここ最近に伊賀国を通った織田方の兵は、身ぐるみはがされ、惨殺される例が後を絶たない。

その伊賀を、ほぼ丸腰の三十人ばかりで通って無事でいられるだろうか。

「どう思う」

家康が問いかけたのは、家康と同い年の服部半蔵正成《はっとりはんぞうまさなり》である。半蔵の父は伊賀の出で、家康の祖父の代から仕えていた。半蔵は武将であるが、同時に伊賀の者とも通じており、忍びを使うことにも長《た》けていた。

「伊賀は、先の戦で多くの男が死にました。しかし、年寄りも女も、鉄砲を使いますので、油断はなりません」

「やはり、伊賀は抜けられぬか」

「いえ……或いは、行けぬこともないかと」

迷いながら口にした半蔵の言葉に、家康はぐっと身を乗り出した。

「まことか。どうすれば良い。どの道を行く」

絵図面を手に家康は乗り出し、家臣たちも期待を込めた眼差しで半蔵を見つめる。半蔵は一つ大きく息をしてから、はっきりと言った。

「銀子をご用意願いたい」

「銀子」

家康は思わず問い返す。半蔵は、はい、と力強く頷く。

「確かに、伊賀の国衆の織田に対する恨みは深うございます。しかし、恨みだけで殺しているわけではござらん」

「というと」

「田畑が荒れているのですよ」

戦は人の命を奪うだけではない。田畑も踏み荒らされ、作物が取れなくなる。人手も少なく、新たな作物を植えることも難しい。戦で生き残っても、その後、襲ってくる飢えで死ぬ。

「襲撃の目的は恨みよりも、兵糧や金品を奪うこと。ならば十分な銀子があれば、説き伏せることはできます」

伊賀の者は、民も戦う。それ故にこそ恐ろしい。しかし今の彼らの本性は、得体の知れぬ雑兵ではなく、力なく飢えた民なのだ。家康は、傍らの茶屋に向き直る。茶屋は頷《うなず》いた。

「銀子で済むなら安いものです。手前どもでお支度しましょ。その代わり、ご無事にお戻りの暁《あかつき》には、この茶屋に御褒美《ごほうび》を賜《たまわ》りますように」

一行は飯盛山から山城《やましろ》国を経て、甲賀《こうが》の小川《おがわ》城にて一夜を明かした。そこで京からの遣いを待って、銀子を受け取り、伊賀へと足を進めた。

斥候《せっこう》に立った服部半蔵が集落の有力者に銀子を配ると共に、望む者は護衛として雇い入れる。半蔵は一行を率いて、家康らを先導した。

半蔵の後に続いて伊賀国に入った家康の目の前に広がっていたのは、未だに戦の爪痕が残る荒れた田畑であり、戦に疲れた人々であった。崩れたあばら家から覗く目は敵意に満ちており、一行は刀の柄から手を離すことはなかったが、襲い掛かられることなく進んだ。

本能寺の一報を受けてから三日後の六月五日。一行は無事に、白子浦から船に乗った。

共に船に乗った茶屋は、家康と並んで海を眺めながら笑う。

「えらい散財でございました。ここで家康様には助かって貰わなければ困ります。ここまで貴方《あなた》様には幾らかかって来たか……」

ひのふのみ、と、指折り数える。

「恩に着る。しかし何故にそなたは、そこまでして家康についているのだ」

商人たちは、商魂たくましく、強い者と手を携えていく。しかし茶屋は信長存命の折から家康を贔屓《ひいき》にし、そして今、ここから天下の趨勢《すうせい》がどうなるか分からぬ時にも、家康の為に尽力している。

「正直、よう分かりません」

誉めそやされると思っていたわけではないが、思いがけない答えに家康は苦笑する。

「申し訳ありませんなあ。嘘がつけない性分で」

いや、と答える家康から目をそらし、茶屋は海を眺めながら言う。

「信長様にもお会いしました。あの御仁は強い。しかし恐ろしい。前に立っているだけでひりひりする。言うなれば、南蛮渡来の使い方の分からぬ金塗《きんぬり》の壺《つぼ》みたいですわ。手に入れたら面白《おもしろ》そうやけど、手に負えない」

確かにあの人を御せる者はいなかった。その力に魅せられるが、何をしでかすか分からぬ恐ろしさがあった。

「秀吉さんにも会いました。あのお人は信長様に憧れてはる。本来は、素朴な焼き物だったところに、いびつな金泥《きんでい》で模様が入り、それをつつかれたくなくて、角みたいな取っ手がついた。少なくとも私はあまり惹《ひ》かれません」

家康は、目だけで先を促した。茶屋は自嘲するように笑う。

「目利き言うのは、ものの真価を見ます。しかしそれは理屈だけではどうにもならん。塗りがどうとか、焼きがどうとか評しますけど、最後は少し引いたところで見る。その佇《たたず》まいから立ち上るもの……それを品とでも言いますか。家康様にはそれがある。それは、無駄に争わず、無駄に殺さず、己の身の丈《たけ》を知るからこそ纏《まと》えるものです」

そして茶屋は、船の上で寛《くつろ》いでいる三十人余の一行を眺める。

「貴方様は信長様とは違う。御一人ではそこまでの覇気はない。されど、ここにいる皆を守ろうという気概があり、そして皆もまた貴方様を守ろうとなさる。それが貴方様の真価やと、私は思うのです」

茶屋の言葉が家康の胸にじわりと沁みる。が、茶屋は家康の様子を見て、からからと笑う。

「真に受けて下さいますな。私は所詮は一商人。商いで損することもございます。ただ、こうして貴方様を買って、大枚を賭けた者がいることを、お忘れなく」

船は無事に三河国大浜《おおはま》にたどり着いた。

かくして家康は無事に岡崎に帰り着くことができた。そこからいざ、天下取りに打って出ようとしたが、ほどなくして秀吉が明智を討ちとり、天下もまたその手中に収めてしまう。

「生きながらえたからには、いずれまた好機もあろう」

その言葉の通り、家康にとっての好機は遅れてやって来た。


しかし家康が天下を統べた時には、茶屋四郎次郎は既に亡かった。家康は伊賀越えの際の約束を違えることなく、茶屋の孫である三代目茶屋四郎次郎に朱印船貿易の特権を与えた。

駿府の海から安南《アンナン》へと出航していく船を見送りながら、家康はあの時のことを思い出す。己が茶屋の大枚に相応《ふさわ》しい武将たるかを、幾度も自問しながら進んで来た。賭けを裏切らぬことこそが、そのまま覇道となっていたようにも思える。

「賭けに勝ったな、茶屋よ」

海の向こうか、空の彼方《かなた》か、何処《いずこ》か知れぬ常世《とこよ》に住まう茶屋に向かい、家康は独り言《ご》ちた。

長久手《ながくて》の瓢《ひさご》

山本巧次

「御大将、御大将ーッ」

駆け込んできた急使の声が、陣中の空気を割って轟《とどろ》いた。家康《いえやす》を囲んでいた旗本近習《きんじゅ》が、一斉に声の方を向く。急使は何事かと問われるより先に、さっと家康の前に膝《ひざ》をついて叫ぶように告げた。

「羽柴筑前《はしばちくぜん》が本軍、矢田《やだ》川を越え、長久手《ながくて》に入りました。その数、およそ五千」

「五千だと？」

家康のすぐ脇にいた織田信雄《おだのぶかつ》が、身を乗り出した。

数日前、秀吉《ひでよし》の甥《おい》、三好秀次《みよしひでつぐ》を総大将に池田勝入《いけだしょうにゅう》、森長可《もりながよし》率いる二万余の軍が、家康が全力で出陣したためがら空きになった三河《みかわ》に侵入しようと南下を始めた。これに気付いた家康は逆にこれを後方から襲う形で攻め、今朝がた潰走させた。急報を受けた秀吉は、救援のために自ら出陣したのである。それがいよいよ、ひと駆けのところまで迫りつつある。

「筑前の本軍がそのまま出てきたなら、少なくとも三万にはなろう。少な過ぎる」

要らぬ口出しに、家康は見られぬ程度に顔を顰《しか》めた。言わずもがなだ。秀吉の先鋒は、三好秀次救出のため先行したのだ。

そして今、秀吉の馬廻りを中心とした中央の五千は、本多平八郎忠勝《ほんだへいはちろうただかつ》の手勢にまとわりつかれ、微妙に進軍方向がずれて先鋒と距離が開き始めている。その程度のことは、大将ならば一瞬で読み取るのが当然だ。

（つくづく、使えぬ御仁だ）

家康は嘆息した。そもそもこの戦《いくさ》、この信雄が秀吉に蔑《ないがし》ろにされたと憤り、家康に擦り寄ったことで始まったと言える。無論、信雄の動きは契機の一つに過ぎず、秀吉、家康双方の思惑が絡み合った結果なのだが、担いだ格好になった信雄は、父信長《のぶなが》に似ているのは風貌だけという男で、勘も頭の働きもさっぱりであった。

（それでも、看板である以上立てておかねばならない）

家康はこの戦の大義名分を、織田の臣であった秀吉が信長の遺児らを軽《かろ》んじ、旧主への恩義を忘れて天下を盗まんとする大不忠を紕《ただ》す、としている。形だけでも、信雄には織田家の跡取りらしく振る舞ってもらわねば困るのだ。

「筑前の進みを、本多平八が遅らせておるからでしょう」

落ち着き払った声で言ってやると、信雄は却って勢い込んだ。

「ならば……ならば、今こそ好機ではないか三河殿。すぐに動けば、筑前めの後ろを……」

言いかける信雄を、家康は目で黙らせた。信雄は不満げに口をつぐむ。家康は代わって、じっと考え込む風情《ふぜい》の本多佐渡守正信《さどのかみまさのぶ》に話しかけた。

「佐渡よ、どう見る」

常に沈着な参謀役である正信は、「左様」と軽く首を捻《ひね》りつつ、家康の顔を窺っている。儂《わし》の腹は見透かされているな、と家康は内心で苦笑した。

正直、迷っていた。ここで押し出し、秀吉のいる中央の五千を襲えば、おそらく勝てる。ただし、先鋒が気付いて取って返す前に決着できれば、の話だ。家康が今投入できるのは八千。三万を超える秀吉軍に結集の隙を与えれば、壊滅の憂き目に遭《あ》う。

（もし全てうまく運んだとしても、ただ勝つだけでいいのか……）

家康の背後で、信雄が身じろぎする気配がした。だいぶ苛立《いらだ》っているようだ。目の前のことしか見えぬ信雄には、家康の葛藤などわかりはしまい。本当に肝心なのは、この戦の後の……。

急に陣幕の外がざわめいたかと思うと、一人の若武者が陣に入ってきた。鎧《よろい》にも兜《かぶと》にも傷が付き、あちこちに敵のものと思われる血が飛んでいる。戦場から駆け戻り、休むことなくこの場に来たようだ。若武者は兜を脱ぐと、家康の前で一礼した。家康が目を細める。

「万千代《まんちよ》か。もう戻ったか」

「はい、大方は片付きました故《ゆえ》、ご報告に」

齢《よわい》二十四にして既に猛将の気概を見せる井伊直政《いいなおまさ》は、薄い笑みを浮かべた。

「三好秀次は、いかがした」

信雄がせっかちに問いかけ、家康がまた顔を顰める。

「残念ながら、取り逃がしたと思われます」

信雄がなんだと不満そうな顔をするのを無視して、家康が労《ねぎら》いの言葉をかけた。

「それはまあ、いい。池田入道《にゅうどう》（勝入）と鬼武蔵《おにむさし》（森長可）を討ち取り、二万を潰走させたんじゃ。充分な働きよ」

「恐れ入りまする」

直政は、はにかむように顔を赤らめた。世辞ではない。榊原康政《さかきばらやすまさ》と大須賀康《おおすがやす》高《たか》の軍勢が三好秀次の軍に襲いかかったとき、戦巧者の堀秀政《ほりひでまさ》に攻め返され、窮地に陥ったところへ直政が突入し、一気に挽回したのだ、と軍奉行《いくさぶぎょう》からの報告が上がっていた。若い頃から共に戦った三河武士たちも、既に壮年である。後に続く頼もしい若者が頭角を現してきたのは、家康にとって実に喜ばしいことであった。

「ですがそのことより先に、取り急ぎお知らせすべきことが」

うん？　と家康は眉を上げる。

「何事か」

「筑前の本軍が、足を止められておりまする」

家康は、目を瞬《また》いた。秀吉が止まった？　すぐに思い当たる。

「平八か」

「いかにも」

直政が、大きく頷《うなず》いた。

「平八郎殿があまりにしつこくまとわりつくので、業を煮やして捻り潰そうとしたのでしょう」

そうか、と家康は膝《ひざ》を叩いた。常の秀吉なら、本多平八郎がいかに挑発しようとも、誘いに乗らないだろう。だが、秀次の敗走と行方《ゆくえ》知れずで、焦って判断が鈍っているとしたら。

（ここで、行くべきか）

立ち上がりかけた家康に、ふとまた葛藤が起きた。本当に、それで……。

「今こそ、筑前めを討つ千載一遇の好機にございます」

直政が叫ぶように言った。家康はぎくりとした。これが他の者なら迷いは消えなかったかもしれないが、直政の声は清々《すがすが》しく胸に響いた。本多正信も、引き込まれるようにして頷いている。ここは、迷う時ではない。

家康は絵図を睨んだ。榊原勢と大須賀勢は、もうすぐ近くまで引き上げている。これを戻して秀吉軍の先鋒と中央との間隙に向かわせ、先鋒が引き返そうとするのを足止めする。犬山《いぬやま》からの援軍は、小牧《こまき》城に置いた酒井忠次《さかいただつぐ》と石川数正《いしかわかずまさ》が押しとどめる。そうして時を稼ぎ、その間にここにいる本軍全部で秀吉を攻める。

（猶予はない。時が勝負じゃ）

家康は采配を握って、立った。すっかり昂揚したらしい信雄が、頬《ほお》を染めて「三河殿」と声をかけようとする。家康はそれを無視するように直政に告げた。

「出るぞ。万千代、先鋒をつとめよ」

「ははっ、有難き幸せ」

直政は疲れを吹き飛ばすように、喜色満面で答えた。

もはや、乱戦であった。斬り合う双方の兵の顔まで、はっきり見える。近付き過ぎだ、と自分でも思うが、下がろうという気は起きなかった。

重なって激しく動く兵たちの頭の向こうに、傾いた日の光を浴びてきらきらと輝く千成瓢箪《せんなりびょうたん》が見える。向こうからも、こちらの金扇の馬印がしっかりと見えているだろう。互いの馬印が見える距離で対峙するのは、無論、初めてのことだ。願わくば、最初で最後になってもらいたいが……。

「御大将、我《わ》が方が押しております」

馬廻りの一人が、興奮したらしく言わずともいい言葉を発した。家康は軽く頷き、右手を見やる。五十間ほど向こうの馬上で、信雄が秀吉の陣を凝視していた。泰然として見えるが、実は呆然としているのかもしれない、と家康は思った。こうなることを望んで始めた戦であったはずが、本当にこのような場に立ち会うとは想像していなかったのではないか。

(所詮は、そんな器だ)

このあと何が起きるか、どこまでわかっているのか。まさか織田本家を以前のままに再興できるとは、思っていまいが。

家康は、正面に目を戻した。そこで、ぎくりとする。乱戦から抜け出た三人ほどが、こちらに迫っていた。二人は槍、後の兜武者は太刀《たち》。周りの何も目に入らぬ如《ごと》く、ただ真っ直ぐ駆けてくる。狂ったような目の光。家康は魅入られたように動けずにいる。兜武者が叫んだ。

「おのれ家康、見参」

名乗りを上げようとしたらしいが、あっという間に左右から駆け寄った家康の馬廻りが、兜武者と槍足軽を討ち果たした。家康は、ふうと息を吐いた。他に、自分の周りに迫る敵方はいない。乱戦の輪は、徐々に縮まりつつあった。

あと半刻、いやその半分でいい。家康は拳《こぶし》を握りしめた。榊原と大須賀が敵を足止めしているが、そろそろ限界のはずだ。あと僅かで決着しなければ、自分が馬廻り全てを率いて突っ込まねばなるまい。

そう腹を括《くく》ったとき、千成瓢簞が倒れて、折り重なる兵たちの中に消えるのが見えた。あっと思い、思わず馬上で身を乗り出す。やったのか？　本当にやったのか？

永遠とも思える数瞬が過ぎ、家康の耳にも届く大音声《だいおんじょう》が上がった。

「井伊兵部少輔《ひょうぶしょうゆう》が家来、武部《たけべ》小十郎《こじゅうろう》、羽柴筑前守秀吉を討ち取ったり！」

一瞬の静寂があった。それから、天地を響《どよ》もす喚声が沸き起こった。

日暮れまでに、家康は小幡《おばた》城へ戻った。庄内《しょうない》川と矢田川に挟まれた小高い地で、南下する三好・池田勢を攻める前、本軍を置いていた城である。

「羽柴勢は、犬山へ引き上げつつあります。もはや、押し返しては来ぬかと」

戦勝を聞いて小牧城から駆け付けた石川数正が、言った。酒井忠次は、羽柴勢の一部が再度攻めようとの動きを見せないか警戒して、小牧に残っている。

だが羽柴勢は、数こそ多いが各地の大名の寄せ集めだ。今、単独で戦を続けようとする者はいないはずだ。

うむ、と頷いた家康を見て、数正は眉をひそめた。

「失礼ながら……大勝を上げたお顔には見えませぬな」

そうか、と家康は頬に手をやった。顔に出ていたか。

「もしや」と数正は続ける。

「うまく行き過ぎた、とお考えでは」

家康は、ふうと息を吐いた。こういう風に見透かしたような台詞《せりふ》を吐くのは、数正と本多正信くらいだ。その正信も、今は本多平八郎や榊原康政と一緒に戦勝の美酒に酔い、手放しで歓喜している。

「まあ確かに、ずいぶん都合良く運んだ、という感はあるな」

家康は肩をすくめるようにして言った。

「これはまた」

数正が苦笑した。

「普通そのようなとき武将は、天が我に味方した、天のご意思じゃ、と言うものですが」

「年を食ってひねくれた、とでも言うつもりか」

家康は、揶揄《やゆ》するように言った。数正は、いえいえとんでもない、と笑う。

「まあいい。じきにわかるだろう」

家康は笑い返す代わりに、手にした軍扇で首筋を叩いた。


その夜、城内で首実検が行われた。幾つものかがり火を焚《た》いた中で真っ先に検《あらた》められたのは、秀吉の首である。直政と、秀吉を討った武部という家来が控える中、首が披露された。馬印から落ちた、金の瓢箪が一つ、添えられている。正面の床几《しょうぎ》には、家康と信雄が並んで座った。

「羽柴筑前守秀吉が首にございます」

口上と共に差し出された首を見て、その場の一同はしばし絶句した。幾人かは、これがあの羽柴筑前の首かと、畏敬をもって見つめている。が、多くはそうではなかった。

信雄は、蒼白になっていた。一方、家康は「ふう」と溜息をつき、こめかみを掻《か》いた。

「まあ、こんなことではないかと思うたわ」

強いて言えば、小顔で猿に似ている、というところは同じかもしれない。しかし、全体を見れば明らかに別人であった。近習の誰かが身代わりになり、秀吉はあの場から逃れたのだ。

「身代わりでしたか」

井伊直政は、軽く肩を落とした。が、呆然としている武部とは違い、彼もどこか疑いを持っていたと見える。むしろ、本多平八郎や榊原康政の落胆の方が大きいようだった。

「猿めにしてやられたか！」

本多平八郎は、手にしていた盃《さかずき》を地面に叩きつけた。自身が秀吉をぎりぎりまで追い詰めた自負があるだけに、直政以上に口惜しいのだろう。

「まあそう怒るな。相手は羽柴筑前じゃ。そうやすやすと討たせてはくれまいよ」

家康は座を見渡しつつ、悠然と言ってのけた。が、信雄は収まらないようだ。

「こ、これはどうなるのだ三河殿。我らは勝ったと思うたのに」

声が上ずっている。家康は、ぴしゃりと言った。

「我らは、勝ち申した」

「いや、しかし……」

「確かに筑前は討ち漏らした。だが勝ちは勝ち。筑前は、池田、森らの諸将を失い、本軍を攻められてほうほうの体《てい》で逃げた。これを見て世の人々は、負け知らずの筑前がついに負けた、と見做《みな》しまする」

「そ、それはそうだが」

「おわかりになりませぬか。大名たちが筑前に付いておったのは、筑前が天下の覇者になると思えばこそ。その確信が揺らげば、こちらに寝返る者も必ず出て参りましょう。現に、陣を立て直して再度犬山から討って出ようとする者は、おらなんだ。我らは黙って、柿が熟するのを待てばよいのでござる」

信雄は、うーむと唸った。顔色がだいぶ良くなったのは、家康の話に得心したからだろう。だが、家康自身の胸中はその言葉ほどには落ち着いていなかった。

(厄介なことになった。いや、厄介なことにしてしまった)

片付かなかったのだ。何一つ。今はただ、一刻も早く浜松城へ戻りたかった。

「それからもう、十年じゃ」

浜松から移った駿府《すんぷ》城の居室で、家康は呟《つぶや》くように言うと、広げた絵図を見て嘆息した。あの長久手の戦以来、天下は真っ二つに割れてしまった。西には大坂城を本拠にする秀吉に、毛利《もうり》、長曾我部《ちょうそかべ》、大友《おおとも》、島津《しまづ》。東の家康には、北条《ほうじょう》、上杉《うえすぎ》、伊達《だて》。四つに組んだまま、各地でいつ果てるともない小競り合いを続けている。

「しかしながら上様、征夷大将軍宣下《せいいたいしょうぐんせんげ》が思うように運びますれば……」

本多正信が控え目に言った。家康はじろりと睨んで、鼻で嗤《わら》った。

「それだけで天下が一つになるなら、苦労はない」

朝廷は目下のところ、秀吉と家康を天秤にかけている。秀吉の関白就任と釣合いを取るため、源氏の血統と称す家康をいずれ将軍に任ずることは、ほぼ間違いあるまい。しかしそれは、東西に割れた権力を固定化してしまうだけだ。古くは鎌倉幕府と院、より近くは南朝と北朝を担ぐ足利幕府。天下は、同じ轍《てつ》を踏もうとしている。

家康はふと座を立ち、床《とこ》の間《ま》に歩み寄った。そこには、少しばかり色褪せた金の瓢《ひさご》が一つ、鎮座している。家康は手を伸ばし、瓢を取った。あの日覚えた葛藤が甦《よみがえ》る。

(勝つべきではなかった。負けなければいいだけだった。なのに、なぜ逸ってしまったか)

長久手で負けても、秀吉は潰れなかった。劣勢を挽回し、信雄を屠《ほふ》って再び西国の大名を統べるまで数年を費やしはしたが。もし家康が長久手で勝たず、侮れぬと刻みつけた上で秀吉に従う形を取れば、秀吉による天下統一はとうに成っていた。そしてその死後、天下をそっくり頂くことができたはずなのだ。

「関白もじきに六十を越えまする」

秀吉が死ねば形勢は一気に、と正信は言いたいようだ。それまで何としても、徳川は持ち堪えねばならない。ますます多くの血が流れるだろう。もし秀吉の後を英邁《えいまい》な者が継げば、さらに戦は続く。

「南北朝を一つにするのに、足利は三代目の将軍までかかった。此度も、天下統一は我が孫の代までかかるやもしれぬの」

家康は瓢を目の高さに持ち上げ、嘆息しつつ指で撫でた。

「長久手で、偽の首と共にあった千成の瓢ですな」

正信が言うのに、家康は頷いてみせた。

「我が家の戒《いまし》めじゃ。二度と判断を誤らぬための」

家康は苦い笑みを浮かべると、瓢を床の間に戻した。正信は無言で、瓢を見つめている。

塩を納めよ

門井慶喜

下総《しもうさ》国本行徳《ほんぎょうとく》村の塩垂《しおだ》れ百姓《ひゃくしょう》、勘次郎《かんじろう》の家に徳川家康《とくがわいえやす》が来た。ほんとうに家康本人が戸口に姿をあらわしたのである。

勘次郎は、この新しい領主を庭へ通した。

この日はたまたま秋晴れだった。あらかじめ松を植え、白砂を敷き、幕をめぐらし、傘を立て、その下に床几《しょうぎ》をいくつか置いていた、その床几のうちのひとつを家康にすすめる。

家康が腰を下ろし、ほかの床几に家臣がすわる。

どさどさと音が立ち、砂のにおいが立つ。みな真剣な顔つきである。勘次郎は家康の前で平伏して、あらためて、

「これはこれは、このような賤《しず》が伏屋《ふせや》へようもお越しを……」

家康、このとき四十九歳。張りのある声で、

「挨拶《あいさつ》はよい。時間の無駄じゃ」

「へ、へえ」

「勘次郎よ、端的に聞く。昨年は北条氏《ほうじょう》にどれほど塩を納めたか」

「へえ、まわりの村も合わせると、出来高は千九百にちと足りぬかというところで、そのうち、わしらの取り分を除いて、千五百石ほどをお納め申し上げました」

答えつつ、勘次郎、

（ははあ）

この会話の着地点がわかりかけている。北条氏は小田原《おだわら》を根城《ねじろ》にして相模《さがみ》、武蔵《むさし》、上総《かずさ》、下総、安房《あわ》、上野《こうずけ》、下野《しもつけ》、常陸《ひたち》のいわゆる関八州《かんはっしゅう》を支配していたが、ことしに入って豊臣秀吉《とよとみひでよし》に滅ぼされ、その所領はそっくり副将格である徳川家康にあたえられた。

家康は小田原を本拠とせず、どういうわけか小田原よりさらに二十里（約八十キロ）も京から離れた江戸などという寒村に城をかまえたが、とにかくその関係で、

（ことしの出来分《できぶん》は、そっくり江戸へ持って来いと）

家康はうなずいて、

「そうか、なるほど。相分《あいわ》かった」

「へえ、へえ」

「それでは、ことしはこの家康へ一万五千石おさめるように」

(ほら、やっぱり)

顔を上げ、にここと、

「承知しました。打ち割ったところ従来の千五百石ちゅうのも、これでなかなか難儀なものでしたが、まあ、徳川様のため、村民一同せいぜい……」

「ちがう」

と、横の家臣が口をはさむ。勘次郎はそっちを向いて、

「え？」

「おぬし、耳の穴にも塩がつまっておるのか？　殿様はいま、一、一万、五千、と申されたのじゃ。おぬしらはただちに、一俵の欠けもなく、出来高を十倍にせい」

「ぎゃっ」

勘次郎は鉄砲で撃たれたように反《そ》り返り、尻もちをついた。あわてて身を起

こし、平伏し、胸まで地面にくっつけて、

「そ、そんな、そんなご無体を。だいいち塩とは夏につくるもの、いまが出荷最盛期《でざかり》で、もう俵詰めまで済んでしまった。この期に及んで」

上目づかいに家康を見た。家康は、

「じゃあ来年」

目が、血走っている。すっくと立ちあがり、腰から鉄扇を抜き出して、

「一年もの猶予をあたえるのだ。かなわなかったら」

と言うと、鉄扇を勘次郎のうなじに当てる。勘次郎は泣きそうな声で、

「はっ、ははあっ」

一年後には、自分の首がころんと刑場の穴に落ちる。勘次郎はその光景を明瞭に、正確に、まのあたりにしたような気がした。

†

本行徳村は、まわりの村々を合わせて「行徳」を総称する。

以下、本稿でも行徳と言う。行徳は関東一の塩の生産地であり、それに従事する者は二種類にわかれる。

ひとつは勘次郎のような塩垂れ百姓である。土地を所有し、年貢の塩納の義務を持つ。いうなれば塩田経営者である。もうひとつはいわゆる水呑《の》み百姓で、土地を持たず、命じられるまま機械のごとく働くかわり年貢の義務はない。まあ被雇用者といったところか。

すなわち滞納、未納などの事態になれば、罰せられるのは塩垂れ百姓である。この当時の行徳には百人ほどがいて、勘次郎はその代表のような立場にあった。

勘次郎は翌日、急遽《きゅうきょ》、十六名の仲間を集めた。やはり空は秋晴れで、海までもが空色をしていた。人のいない塩田をながめながら昨日の出来事を話すと、安兵衛《やすべえ》という気の合う者が、

「十倍か……こりゃもう、冬もやるしか」

「だな」

勘次郎はうなずき、ほかの連中もうなずいた。いったいに塩づくりの工程は

複雑ではない。海から桶《おけ》で水を汲んで、塩田すなわち均《なら》した砂浜にじゃぶじゃぶまいて、乾いたら砂ごと鍋の海水にとかす。とかした海水は塩田にまく。これを何度もくりかえして濃度が上がったら鍋を火にかけ、煮つめて結晶を得るのである。

夏はさほどの手間でもないが、冬は砂の乾きが遅い。労働時間のわりには生産量は上がらないので、これまで行徳ではほとんどおこなわれなかった。そもそもこの地には製塩専業はひとりもいない。みんな米作や畑作との兼業なので、春と秋は農作業に忙しく、冬は冬で縄を綯《な》ったり、用水路の手入れをしたり、保存食をこしらえたりと仕事が山積みなのである。

「じゃが」

と、宇喜次《うきじ》という若いのが、

「冬にやっても、十倍にはならんぞ」

安兵衛はうなずいて、

「宇喜次、おぬしの申すとおりじゃ。せいぜい二倍くらいかのう。それでもとにかく納め高がふえれば、徳川様とて『許さぬ』とは申されんじゃろ。いくら何でも、もともとのお達しがあんまり厳しすぎるとはご承知のはずじゃ」

全員、

「そうか……そうじゃな」

「うむ」

「そうじゃろう」

「そうにちがいない」

はじめはおずおず、しだいにきっぱり賛成したので、勘次郎も、

「そうじゃな」

心が明るくなった。

†

その後、家康は、たびたび勘次郎の家に立ち寄った。おもてむきは遊猟である。東金《とうがね》へ鷹狩りに行く途中、休息のため。

勘次郎は、来るつど茶と漬物を出した。漬物は春の蕨《わらび》やぜんまい、秋のしめ

じや椎茸《しいたけ》など、出盛《でさか》りのものの塩蔵品で、保存性をよくするよう塩分濃度を高くするのがこの地のならわしだった。家康はそれを食ってしまうと、かならず、

「十倍じゃぞ。十倍」

念を押した。いちど勘次郎が、ちょっと真意をうかがうべく、

「うーん、なかなか……」

鼻すじにしわを寄せて見せたところ、いきなり鉄扇で首を打って、

「何としてもじゃ。何としても」

勘次郎は、

(これは、本気じゃ)

背すじが凍った。首の痣《あざ》はしばらく残った。

実際、家康は本気だった。十倍ほしいというより、十倍なければ、

(わしが、死ぬ)

その焦燥にとらわれていた。

江戸城に帰っても、そのことを家臣へ言い言いしていた。塩というのは単な

る栄養物質ではないのである。

江戸は、何しろ貧弱だった。

大成の期待はある。人が住める土地はたくさんあるし、北部の広大な湿地帯はそっくり米作地帯へと変貌し得る。

江戸湾もおだやかで船がつけやすく、事によったら天下人・豊臣秀吉がいま拠点としている大坂よりも大きな都市になる……が、現時点では、それはあくまでも可能性の話にすぎなかった。大坂と江戸は大人と赤ん坊である。

もし秀吉が「謀反《むほん》の疑いあり」とか何とか言いだして天下に号令し、こぞって家康を攻めさせれば、江戸城など紙の城である。それこそ北条氏の小田原城よりもかんたんに灰になるにちがいないのだ。

だから家康は、

（向こう十年）

と、この勝負を見ている。

向こう十年、手出しさせなければ、江戸は大坂とならびたつ。いや大坂を凌駕する。そのためには塩の調達が必須なのだ。

兵を養い、人足にもっこを担がせるには、いくらあっても足りぬほどである。この点でも秀吉は強大きわまる相手なのであって、秀吉は十州《じっしゅう》を持っている。十州とは瀬戸内海に面した塩田のことで、播磨《はりま》、備前《びぜん》、備中《びっちゅう》、備後《びんご》、安芸《あき》、周防《すおう》、長門《ながと》、阿波《あわ》、讃岐《さぬき》、伊予《いよ》の十か国にまたがるのでこう呼ばれる。家康行徳よりもはるかに広大、かつ日照量が多い。生産量がまるでちがう。家康このとき四十九歳、何としても、すみやかに、行徳には十州になってもらわなければならなかった。

†

勘次郎たちは、それから骨を削るほど増産につとめた。

まずは田んぼの刈り入れの終わった水呑み百姓を砂浜に集め、製塩労働を再開させた。

半分は夏とおなじ水くみ、水まき、煮つめの作業に従事させ、残りの半分は、塩田開拓にあたらせた。海から遠いところの土を掘り返して砂を入れ、きれいに均させたのである。

勘次郎は、彼らを酷使した。日の沈むまで働かせた。そのかわり食べるものは食べさせた。例の漬物はふだんより塩を濃くしてあたえたが、これは栄養上の必要からであり、また食う時間を短くするという実際的な意図からでもあった。ただし天気の急変のさいなどはそれすらも間に合わなかったため、米に海水をぶっかけて掻き込ませたこともあった。

さすがに、水呑み百姓も黙っていない。

「もう、耐えられん」

田畑に戻ってしまったため、勘次郎はあわてて彼らの住む小屋をひとつずつ訪ねて歩いて、

「徳川殿がゆくゆく江戸の街を大きくすれば、われらの塩田も大きくなる。われわれのもとにも江戸と同様、どんどん百姓が移住して来る。そうなれば、お前たちは元《もと》百姓じゃ。武士でいえば譜代の旗本とおなじ。子々孫々に至るまで後参り《あとまい》の連中をこき使って、お前たちは楽に暮らせようぞ」

と、自分でも本当かどうかわからぬ話でもって説得した。彼らは、

「そうか」

復帰した。現実に多少、江戸から流れ者が来ていたので、まんざら出まかせにも聞こえなかったのだろう。

それでも人間の労働には限界がある。勘次郎は安兵衛や宇喜次らと相談して、新しい、より効率的な製塩法のこころみをした。

新しい製塩法とは、いわゆる入浜法《いりはま》である。その眼目は最初の水くみの自動化だった。人間が桶でじゃぶじゃぶ塩田へまくかわり、遠浅の海に堤防を設けて、何か所かの穴をあける。

穴から浜へ溝《みぞ》を通して、海水をみちびき、塩田を濡《ぬ》らすのである。じゅうぶん濡れたら穴をしっかり木蓋《きぶた》で閉じる。あとは従前とおなじく砂が乾くのを待ち、乾いたら砂ごと鍋の海水にとかして煮つめる。そのあいだに堤防の穴の木蓋をふたたび外して塩田を濡らすわけだ。

製塩先進国である十州地方でも成功していないこの方法を何とか成功させようと、勘次郎は特に働き者の連中を十五人ばかり指名して、小規模な堤防を築かせた。

なかなかうまく行かなかった。考えるべきことが次々と出て来る。堤防はどこまで浜から離せばいいのか。溝はどういう線を描いて、どれくらいの傾斜をつければいいのか。

悪天候の場合はどうするか。おなじ悪天候でも一晩の嵐と三日間の長雨では傷む箇所《かしょ》がぜんぜんちがうが、それぞれどう修繕するのか。修繕用の道具は必要か。こういう仕事は何といっても実験の回数、経験の蓄積がものを言うので、勘次郎にも、

(十年やれば、ものになるか)

その手ごたえはあるのだが、この場合はその十年が永遠だった。とても待てない。実験班の人数をふやそうにも、そうしたら目の前の生産が減るのである。

結局、妙手は見つからぬまま年が暮れ、年があけた。

春が来て、夏が来て、年貢の時期が来てしまった。役人の目はごまかせない。彼らの立ち会いのもと塩俵につめながら測ったところ、納め高は二千四百石あまり。

前年比約一・六倍である。ふつうに考えれば上々の結果だけれども、勘次郎は、

（打首）

それを覚悟した。

秋の暮れ、家康が勘次郎の家に来た。

はじめて来た日からほぼ一年後である。勘次郎はあのときとおなじようにした。庭に白砂を敷き、幕をめぐらし、傘を立て、その下に床几をいくつか置いた。

家康は、そのうちのひとつに腰を下ろした。ほかの床几に家臣がすわる。平伏する勘次郎へ、家康の声は、

「十倍と、申したであろう」

勘次郎は、あらかじめ答を用意してある。平伏したまま、

「申し訳もござりませぬ。ただし恐れながらお願いつかまつりまする。この不始末はひたすらにこの勘次郎の無力《ぶりょく》によるもの、ほかの塩垂れ百姓には、どうかお仕置きありませぬよう……」

「勘次郎」

「はっ」

「面《おもて》を上げい」

「は、はっ」

こわごわ身を起こし、家康を見あげる。家康は存外おだやかな目をしていて、

「まあよい。来年も励《はげ》め」

「えっ」

「咎《とが》めはせぬ、ということじゃ。茶をくれぬか」

夢のような話だった。あとで家臣に聞いたところでは、この一年は、家康にとって予想外にいい年だったとか。

各地から人が集まって江戸の城づくり、街づくりが順調に進んだこともあるけれど、何といっても大きいのは、秀吉の目がそれたこと。

どういう気まぐれかは知らないが、秀吉は小西行長《こにしゆきなが》ら西国大名を呼び出して「唐入《からい》りをやる」と宣言し、しかもその拠点として肥前名護屋《ひぜんなごや》に城を新設する

よう命じたのである。ここでの唐入りとは大陸侵略であり、その手はじめとしての朝鮮半島への出兵にほかならなかった。

関東は、なかば興味の埒外《らちがい》になった。家康としては大人しくさえしていれば当面討たれる心配はなく、塩の調達も遮二無二やる必要がなくなったというか、むしろ派手にやらないほうが政治的に有利になったのである。

「じゃあ、ら、来年は……」

と勘次郎がつばを呑みこむと、その家臣は、

「来年も、ことしと同様でよろしい。さすれば殿様は満足されるであろう」

にっこりした。勘次郎は、

「ことしと、同様？」

「ああ」

「昨年なみには」

「それはならぬ。江戸の景気がいいのでな。これも殿様のご声望のたまものであろう。はっはっは」

（終わった）

後日また仲間たちと相談したが、もう良案は浮かばなかった。勘次郎は絶望した。塩づくりというのは海水と砂のほか、厖大《ぼうだい》な量の燃料がいる。具体的には、薪《たきぎ》である。塩の生産を一・六倍にするために、勘次郎たちは、感覚的には五倍、六倍のそれを燃やしたのだ。まわりの山はみな禿《は》げ山になった。そんな火祭りをこれからもやりつづけろとは。「同様でよろしい」などと温情のつもりで言われても、山の木は、たった一年では育たないのである。

それでも、命じられればやらねばならない。勘次郎は近隣の村を駆けまわった。近隣といっても東は船橋《ふなばし》まで足をのばし、それでも足りぬので現代の津田沼《つだぬま》あたりまで行った。北は鎌ヶ谷《かまや》まで行った。いずれも距離にして二里（約八キロ）を超える。この当時としては大遠征で、手に入れたものを運ばせるだけでも一苦労だった。

薪だけではない。点火のためには着火剤がいる。最適なのは松の葉だった。これもやはり最初のうちは鎌ヶ谷で手に入れたけれども、すぐに足りなくなったので、さらに北の先、流山《ながれやま》まで行って銭《ぜに》で買った。

そのかいあって、と言うべきだろう。翌年の行徳の塩納高は二千二百石、前

年に比して微減にとどまり、その次の年もやはり二千二百石。家康からは家臣を通じて、

「行徳の者の働きぶり、大いに上首尾である」

という言葉があり、あわせて備前物の太刀《たち》一振《ひとふり》の下賜《かし》があったが、しかしそのときには勘次郎はこの世になかった。

死因は、卒中だった。炎天下で例の入浜法の実験を見ていたら、とつぜん叫んで頭をかかえ、嘔吐《おうと》して、百姓たちが集まったときには事切れていた。

享年四十二。勘次郎はそれ以前から、

「のどが渇いた」

としきりに言っていた。水を飲んでも、

「渇いた。渇いた」

と訴えていた。安兵衛や宇喜次が、

「おい、よせよ。あんまり塩濃《しょっこ》い漬物ばかり食うなよ」

注意しても、

「食わなきゃ、胸が落ち着かんのじゃ」

そう言って聞かなかったという。過剰摂取による中毒の可能性がある。

点睛《てんせい》

小栗さくら

一

秋雨が降りしきる。

水を含んだ草が、数多《あまた》の影に踏みつけられていく。時折乾いた音がするのは、落ちたばかりの枯れ葉だろうか。

闇は濃く、草陰も見えない。家康《いえやす》は馬上で目を細めるが、漆黒のほかは遠くの山麓にかかり始めた霧が見えるだけだった。

「久々に味わう空気よ……」

夜の雨は、常ならば気を重くさせるだけだが、今宵は違っていた。胸を満たす緊張に、程よい心地よささえ覚えている。大戦《おおいくさ》を前にしたときの底知れぬ高揚は、言葉にしがたい。

もっとも家康は戦が好きではなかった。いつもやるべき時に、やらねばならない戦をしてきただけで、武勇を競いたいと思ったこともない。家康はただ、ひたすらに負けるのが嫌いな男であるだけだった。今までは……。

「殿、お体は大事ありませぬか」

「何を言う。まだ戦の前じゃぞ、平八郎《へいはちろう》」

「この雨でござる。戦う前にお体を冷やし過ぎぬように……」

「年寄り扱いするでない」

本多《ほんだ》平八郎忠勝《ただかつ》は、眉《まゆ》の太いいかつい顔をさらにしかめながら、家康に寄り添うように馬を並べている。

しかし、そもそも彼はこの場にいるはずではなかった。本来ならば、今ごろ家康の子・秀忠《ひでただ》と中山道《なかせんどう》を進む軍勢にいただろう。

「わしより、兵部《ひょうぶ》の様子はどうじゃ」

「一時は大分悪そうでござったが、今は戦を前に殺気立った目をしておりまする」

「兵部らしい」

井伊《いい》兵部少輔《しょうゆう》直政《なおまさ》は、家康勢の先方にいる。平八郎が家康軍の軍目付となったのは、その井伊直政が少し前に病を得たからだった。一万石以上の家臣のほとんどを秀忠につけた家康は、己の主戦力として唯一直政のみ連れていくつもりでいた。しかし急な病が直政を襲った。そこで、直政の代わりとして、忠勝を秀忠軍から移したのだ。

忠勝は幼い頃から家康に仕え、桶狭間《おけはざま》からいくつもの戦をともにしている。五歳年下だが、常に家康よりも武勇の誉《ほま》れ高く、戦場でこれほど頼りになる者もいないだろう。

そうはいっても、忠勝は正規の軍を引き連れていない。本多本軍は忠勝の子・忠政《ただまさ》が率いて秀忠に随行しており、忠勝が連れてきたのは四百名ほどの小勢だった。直政が回復したため、あくまで軍目付という立場での随行だが、それでもいつぶりかの大戦に忠勝がいることは心強い。

「平八郎……わしはこの戦に勝つぞ」

「殿……。なんと、当たり前のことを」

「……そういう時は『御意《ぎょい》』でよかろう。面倒くさい男じゃ」

「嬉しゅうてつい。いつも『負けぬぞ』が口癖の殿が、『勝つ』と仰せられた。まったく夜明けが楽しみじゃ」

日ごろから眉間に皺《しわ》が寄ったような顔をした男が、珍しく真ん中の皺を一つなくして上機嫌そうだ。日の出を迎えれば命をかけて戦うことになるだろうに、忠勝は遠乗りにでも出かけるような素振りでいる。

「根っからの戦人《いくさびと》よの」

呆れたように呟《つぶや》きながら、家康は闇の先へ目を向けた。

「わしも石田治部《いしだじぶ》も戦人ではない。……しかし治部、戦場をくぐり抜けた数も濃さも、わしの方が上じゃ」

両者の違い、それは経験という大きな壁だ。いつか、三方ケ原《みかたはら》で家康が武田《たけだ》信玄《しんげん》に大敗したとき、その経験という大きな壁に敗《ま》けた。頭でいくら思い描いても、実際に戦い、ときに敗けなければ分からないことがある。石田三成《みつなり》は、経験だけはどう足掻《あが》いても家康に敵《かな》わない。あの頃の家康と同じだ。

「おぬしにとって一世一代の大勝負であろうが、それはわしにとっても同じよ」

長い長い時を待ち、苦渋を飲み込んでここまで来た。従いたくないことに従い、言いたいことをも堪《こら》えて生きてきた。

豊臣秀吉《とよとみひでよし》に従ったときの悔しさを、人は知っているだろうか。あの三成は知っているだろうか。

(――分かるはずもない)

己よりも下だと思っていた者に従う屈辱を、三成は知り得ないだろう。

(戦が好きでなくとも、上には昇りたい者もおる。それが何のためであっても――)

所詮三成の言う「大義」は彼らの目線からのものに過ぎない。

家康には家康の大義がある。それを三成が解さないうちは敗ける気がしなかった。

二

日が昇ると、雨はゆるやかに止んでいった。

濡れた大地に吹く風は、雨に打たれた兵たちの体を冷やしていく。しかし、それ以上に厄介だったのは、あたりに立ち込める霧だった。

「山際は仕方ないにしても、平野ではもう霧は晴れたのではないか？」

陣内で床几《しょうぎ》に座り、家康は苛立《いらだ》ちをにじませ独りごちる。傍にいる小姓と使番《つかいばん》は、戦を前に硬い面持ちで控えていた。

三成らとの決戦は、この先に広がる関ヶ原《せきがはら》の平野が主戦場となりそうだ。家康はそこから大垣《おおがき》寄り、中山道沿いの桃配山《ももくばりやま》に陣を敷き、本多忠勝や井伊直政、家康の子・松平忠吉《まつだいらただよし》らは戦いの激戦地となろう平野部にいる。

齢六十に近い家康にとって、長い時間甲冑《かっちゅう》をまとうのは厳しい。あたりが霧で白むなか、仕度を整えもうどれくらいが経ったろうか。兜《かぶと》は長く傍らに置いたままだ。

常の戦いであれば、卯《う》の刻には始まっている。それがもう辰《たつ》の刻に差し掛かっているではないか。すべては霧が戦の邪魔をしているのだろう。

ふと、小姓の一人がはっとした顔をする。

「殿！　狼煙《のろし》が見えまする！」

そう声が上がると、家康は思わず床几から飛び出すように立ち上がった。

「まことじゃ！　とうとう始まったか……！」

狼煙は霧に紛《まぎ》れつつも、うっすらとだが二本見える。徳川方と石田方がともに開戦を報《しら》せたものだろう。

それに続くようにして、伝令が駆け入ってきた。

「井伊様、無事戦いの火蓋を切られました！」

「でかした！」

家康の口元に笑みが広がる。

何せ、先陣は豊臣の武将・福島正則《ふくしままさのり》に任せることに決めていたのだ。しかしそれは表向きの話で、忠勝や直政らは強く反対し、また家康自身も本心からは豊臣武将に委《ゆだ》ねたくはなかった。たとえ戦に勝てても、先陣の栄誉が徳川になければ意味がない。

そこで、どのような形でも良いから直政と忠吉とで先陣を奪うように、昨夜密かに忠勝に言伝《ことづて》を託していた。

どうやら手はず通り、家康勢が先陣を切ることが出来たようだ。

「まずは一歩じゃ」

家康は安堵し、床几に腰をかけ直す。己が動くにはまだ早すぎるからだ。開戦すればまもなく、福島勢の合図で小早川《こばやかわ》が松尾山《まつおやま》を下りるだろう。その動きが出るまで、家康が前進することはできない。

「戦とは、いくつもの岐路を戦う前に選び抜くものじゃ。治部よ、これはわしとおぬしのどちらのほうが多くの手立てを用意し選んできたかの勝負じゃ」

家康は、白さばかりが目立つ顎《あご》ひげに手をやりながら、ここ幾月かの己を振り返る。

豊臣秀頼《ひでより》の名のもと、上杉《うえすぎ》討伐へ向かった軍勢は、慶長《けいちょう》五年（一六〇〇年）七月、石田三成らが上方《かみがた》で挙兵したことにより、踵《きびす》を返すことになった。

家康にとって、この事態は想定できなかったことではない。予想と違っていたのは、当初家康にかなり好都合な展開で進んでいたことだ。

それは逆にいえば、三成にとっては思いもよらぬことだったろう。家康打倒のため周囲へ内密に動いていたことが裏目に出たようだ。あろうことか、増田《ました》長盛《ながもり》ら三奉行と秀頼の母・淀《よど》の方《かた》までもが三成の謀反《むほん》を疑ったのだ。そのため家康へ早く帰還してほしいという書状が送られてきた。

（案外、治部のことをよく分かっているのは、わしの方かもしれぬ）

家康は、書状を見て意外に思った。いったい彼らは何を見ているのか。あの男が豊臣に刃を向けるようなことはあろうはずもない。だからこそ家康にとって面倒な相手なのだ。

（しかし身内に疑われているのなら、使わぬ手はない）

家康は上方からの書状の写しを諸将に送り、下野国《しもつけのくに》に参集した武将たちとも話し合いを重ねた。すると、三成に反発する福島ら豊臣武将はあっさり家康の味方となった。のみならず、山内《やまうち》一豊をはじめとした東海道《とうかいどう》沿いの武将たちが、家康に居城を進上するという、想定以上の収穫を得ることができた。

あとは、対上杉への兵を残し西上するだけ……そう思った矢先、思わぬ事態が起こった。

「……内府ちがいの条々？」

驚くべきことに、つい先日三成の謀反を疑っていた奉行衆が、家康を弾劾する書状に連署し、それが各地に送りつけられたのだ。

十三ヵ条からなる条文は、秀吉死後の家康の専横を一つ一つ挙げ、家康を排除しなければならないという旨が記されている。しかも豊臣公儀の名が入ってのものだ。

「つい先日まで頼ってきた相手を謀反人とするか。治部よりもたちが悪いわ」

家康は己に野心がないとは決して思わない。しかし、かつて天下を狙ったことはなかった。秀吉に降《くだ》る前、家臣たちがもう一戦すべきだと強く訴えてきたときも退けた。降ったからには、己が降った相手である秀吉に尽くしたつもりだ。無理な要求にも応えた。だが、それはあくまで秀吉に降っただけだった。

子の秀頼にまで忠誠を誓う義理はない。

秀吉は「人たらし」と言われたが、笑んだ目の奥に見える疑心は、とうとう家康を最後まで豊臣に尽くそうという気にさせなかったのだ。

「死した家臣たちの願いを叶《かな》えるは、今を措《お》いてない」

三河《みかわ》武士の曲者《くせもの》たちが、これまでよく家康に仕え忍耐を重ねてくれた。家康のため道半ばで死した者たちもいた。皆、「いつかは殿の天下を」と、家康が頂《いただき》に立つことを願ってくれていた。それを今叶えなければ、これまで耐えてきた数十年は何だったのか分からない。

「そのためにも、わしは一つも間違えることはできない」

三成派との勝負がつくまでに訪れるいくつもの岐路を、決して間違えることはできない。

すでにほかの武将らが西上を進めているなか、家康の弾劾状は徐々に彼らに届くだろう。その時、豊臣恩顧の武将はどう動くのか、見極めるまで動くことはできない。下手に動き、西上途中に、やはり刃の先を向けるのは内府だとされれば、籠城もできず援軍も見込めないまま挟み撃ちにされて終わりを迎えるだろう。

そうして家康は江戸でおよそひと月もの間、出陣の時期を待った。膨大な数の書状を各所に出しながら、敵味方の動きに目を光らせる。しかし、頭の中でどれほど目算を立てようと、人の心の動きをすべて読むことはできない。

福島正則ら家康に与《くみ》した武将たちは、家康の想像をはるかに超える早さで三成方の岐阜《ぎふ》城を落としてしまった。それは弾劾状のあとも家康方として心変わりない証《あかし》ともなったが、そのまま西上し三成と戦われては、勝利しても戦功はすべて豊臣武将のものとなってしまう。

慌てた家康は、己が着陣するまで新たな動きを止めさせ、出陣の日を繰り上げて九月一日に江戸を発った。そして三成らに秀頼を出陣させる隙を与えないよう、隠密裏に迅速に行軍し、十日後には清洲《きよす》へと到着した。

そうしていくつもの岐路を乗りこえ迎えたのが、今日この日だった。

「戦を急いたことは、果たして吉と出るか」

中山道を進む、子の秀忠には戦力の高い徳川の精鋭を任せている。出来ることなら三万とその秀忠軍が追い付くまで、決戦は控えたかった。家康の軍勢は三万といえど、大部分が攻勢に向く陣立てではない。

「清右衛門《せいえもん》、おぬしはどう思う」

独り言にも飽いて、家康は使番の米津清右衛門尉《よねきつ》へ問う。

「急いたとは思いませせぬ。口にするのは憚《はばか》られますが、殿は今や豊臣公儀に弓引かれるお立場」

「少しも憚っておらぬがまあ良い、続けよ」

三河武士が歯に衣着せぬ者の多いことは、とうに知っている。

「ただ勝つだけではならず、徳川のおかげで勝ちを収めたことにせねばなりませぬ。秀忠様の軍勢を待てば、その前に秀頼公の御出陣があるやも。そうなれば今度こそ福島らは寝返るでしょう」

少々猪武者の気はあるが、勘は悪くない。家康は己と同じ考えであることに頷き、次の問いかけをする。

「なれば、いま我らがすべきことはなんじゃ」

「勝つためにすべきことは……」

清右衛門の視線が、遠方の山へ向かう。

「そう、小早川を下山させることじゃ」

開戦とともに家康方として参戦するはずが、小早川秀秋《ひであき》はいっこうにその素振りを見せない。小早川は一万を超える軍勢を率いており、家康を除けば宇喜《うき》多《た》、毛利《もうり》に次ぐ兵数だ。この数がどちらにつくかで、戦の趨勢《すうせい》は容易に覆《くつがえ》る。

「わしは太閤《たいこう》に一つ学んだことがある。それは戦における死者を少なくするやり方じゃ。勝ちは大きく勝ち、失う命は少なくする。それが何故良いことか分かるか？」

「分かりませぬ」

「大きく失えばその分恨みは増える。そして国の力は減るだけじゃ。だから戦う前に最善の手を尽くし、士気を奪うことこそ重要なのよ。豊臣秀吉という男はそれを知っておった」

「甥《おい》の秀次《ひでつぐ》殿の御一族の件を思えば、そうとは思えませぬが」

「晩年はの。じゃが、本来はそういう戦い方をする抜け目ない男じゃ。長く生きたわしにできるのは、そうして見てきたすべてに学ぶことよ」

「つまり、小早川殿が我が軍勢として下山するのが早いほど、敵勢の士気を削ぎ、犠牲少なく戦を早く終えることができると」

家康は頷くと、中山道の先へ目を向ける。

「だが、下山の要請はすでに福島殿がやっておるはずじゃ。それでも下りぬということは、敵軍が思うたより善戦しているか、混乱があるに違いない」

「では迷いある者を下山させるにはいかにすれば……」

家康は眉間と額に深く皺を刻む。

小早川の扱いを間違えれば、秀頼の出陣がなくとも己が敗ける可能性はきわめて高くなるだろう。黒田長政《くろだながまさ》を通し、事前に自軍へ引き込む交渉はしている。かつ福島が促したろう合図にも反応しないなら、まっとうなやり方でははぐらかされるだろう。

左親指の爪を前歯で嚙《か》みながら、家康は逡巡《しゅんじゅん》する。老いてなおギョロリとした双眸《そうぼう》が、右へ左へと数度動いた。

秋風が硝煙の匂いを微かに運んできたとき、家康は清右衛門を振り返って命じる。

「松尾山の麓《ふもと》を銃撃させよ！　山麓で良い。決して兵を撃ってはならぬぞ。暫《しばら》くしたら清右衛門、おぬしが麓の小早川隊へ話をつけよ」

「どのように」

「わざとではない、『誤って』撃ちかけてしまったと伝えるのじゃ。そして、家康がすぐにも到着すると申せ」

「御意！　しかし誤りと言っても、銃撃などして逆上しませぬか」

「せぬ。自信をもって行け！」

「は！」

清右衛門は飛び出すのを待っていたように、軽やかな足取りで桃配山を下っていった。

それを見送りながら、家康は兜を手に取る。

ああは言ったものの、逆上しない保証はない。しかし、齢二十ほどの小早川秀秋が逆上したとしても、家老や家康が送った目付は、家康の脅しの意味が分かるはずだ。

それに、動かぬ小早川を徳川が動かした、という事実を得ることも戦功として重要だ。

これがこの戦いにおける最後の賭けとなるだろう。賭けに勝った時、家康がその場に不在では意味がない。

「皆、仕度をせよ！　関ヶ原の平野へ前進する！」

三

硝煙の匂いが濃くなった。

朝の霧はとうに晴れ、代わりに銃や大筒《おおづつ》の煙が目指す先に見える。

速足で馬を進めながら、家康は三月《みつき》前に交わした約束を思い出す。

『殿、伏見《ふしみ》の城はこの鳥居《とりい》彦右衛門《ひこえもん》元忠《もとただ》にお任せくだされ』

上杉討伐へ出陣した日の夜だった。まだ竹千代《たけちよ》と呼ばれた幼い頃から、家康の傍には兄のような元忠がいた。いつの間にか真っ白くなり果てた頭髪が、薄暗い室に浮かび上がる。

『彦右衛門、手勢を多く置いていけずすまぬな。そなたには苦労をかけ通しじゃ』

『何を仰せか。殿はゆくゆく天下をお取りになるお方。一人でも多くの家臣を率いていかねばなりませぬ』

元忠は、家康の盃《さかずき》にゆっくりと酒を注ぎ、目じりを下げて笑んだ。

『殿の傍で過ごした日々、波乱ばかりで楽しゅうござった。もし治部殿が上方で反乱を起こそうとも、この伏見は命に代えて守りまする』

『さようなことを申すな』

『いいえお聞きくだされ。いざとなればこの彦右衛門、伏見の城に火をかけて討死いたしまする。それゆえ、置いていく兵は少ない方がよろしい』

座した板間から、元忠が夜空を見上げる。伸ばした首は、家康よりもずっと皺だらけだ。

『……一つ、彦右衛門の最期の願いとしてお聞きくだされ』

そのような言い方をするな、とはもう言えなかった。

ゆっくり視線を戻した元忠は、背筋を伸ばし、それから深く頭を下げた。

『殿、天下をお取りくだされ。そして、豊臣など忘れ去られるほど長い泰平の世を、殿の手で作るのです。……これから起こるすべての戦に勝つと、この彦右衛門に誓ってくださりませ』

震えた声に、家康は盃を置いて元忠の両肩に手を置いた。

『面を上げよ、彦右衛門』

目を赤くした元忠の顔を、家康は生涯忘れないと思った。

そしてその顔は、言葉は、三方ヶ原やこれまでの戦で、家康の代わりに死した者たちのものと重なった。

『……皆のため、わしは勝つ！』

石田三成の大義が豊臣を守ることとならば、家康にとっての大義は、失った者たちへ捧げた誓いだ。互いの志のどこに貴賤があろうか。

人々の叫び声が次第に大きくなり、刃を交わす人影のかたまりが近づいてくる。

街道を抜けた先に見えるものは何か――。

三方ヶ原の戦いで、敵軍の背後を襲おうとしたとき、拓《ひら》けた台地で家康に見えたのは、待ち構える武田軍という絶望だった。あの過ちを、屈辱を、二度と味わわぬように思慮深く生き、はや三十年近く経つ。

「皆のため、わしは勝つ……！」

広がる地平に見えたのは、怒濤《どとう》の如く敵方へ攻めかかる小早川勢の姿。

(賭けはわしの勝ちじゃ)

家康はもう戦の勝利を疑わなかった。

かかれの声に、徳川勢が飛び出していく。

家康の傍らで、「厭離穢土欣求浄土《おんりえどごんぐじょうど》」の旗印が誇らしげに靡《なび》いた――。

燃える城

稲田幸久

城は静寂を纏《まと》っている。

眼下の戦も、まるで無関係だと言わんばかりに泰然とした様子だ。槍の合う音、銃声、立ち昇る砂塵。それらにもまったく揺らいだ様子を見せない。堂々としていて威圧的だ。

太閤秀吉《たいこうひでよし》が建てた城だった。

全面黒漆の壁に翡翠《ひすい》色の瓦《かわら》屋根。一際目を引く金の鯱《しゃち》、金の装飾。真っ青な空へ向かって聳《そび》える五層の天守は、かつて豊臣《とよとみ》氏が手にした権威そのものだ。

その威容に目を奪われ、言葉を失った過去がある。あの時は躍動しているように見えた。城が生きているような気がした。活気に包まれていたのだ。

時は過ぎて、今。まったくの静謐《せいひつ》だ。

(此度《こたび》の戦で大坂城も落ちるな)

徳川家康《とくがわいえやす》は彼方《かなた》の城に目を細めながら、小姓が差し出してきた茶を喉に流し込んだ。乾いた砂地に吸い込まれるように、潤いが全身に染みていく。歳を重ねてからというもの、茶をよく飲むようになった。枯れた枝に水を与えるようなものだ。躰《からだ》の内側が呼び覚まされていくのを感じる。かつては全身に力が漲《みなぎ》っていた。その力を時に抑え、時に暴れさせ、戦乱の世を生き抜いてきた。そうして生きた先で、天下を手中に収めることができたのだ。己の天下だ。すべての上に己が君臨している。

だからこそ、あの城が目障りだった。莫大な富が注ぎ込まれた大坂城。あの絢爛《けんらん》豪華な城を落とすことで世は完全に己のものになる。徳川の天下が開かれるのだ。

城は、存外、簡単に落とすことができるだろう。昨年の冬の戦を和議に持ち込み堀を埋めさせた。堀さえなくなれば、いくら鉄壁を誇る大坂城とはいえ攻めるのはたやすいのだ。事実、この夏の戦では豊臣方は城に籠《こも》ることはせず打って出てきている。それらも、昨日の道明寺《どうみょう》での戦、八尾《やお》、若江《わかえ》での戦で勝利した。五万いた敵兵は半分近くに減っているはずだ。後は、最後の抵抗を試みる豊臣方を今日、殲滅《せんめつ》する。

「彦左《ひこざ》。どうだ、戦況は？」

茶の碗を小姓に返すと、後ろから老武士が現れた。

「は。本多忠朝《ほんだただとも》隊が毛利勝永《もうりかつなが》隊と交戦中。また、松平忠直《まつだいらただなお》隊が真田信繁《さなだのぶしげ》隊と交戦に入ったとの報告がありました」

しわがれ声を聞いて胸にざわつきを感じた。

（なんだ？）

家康は一瞬眉をしかめたが、老武士の顔を見て気づかなかったふりをした。

家康の隣に控えるのは、三河《みかわ》領主だった頃から戦場を共にしてきた大久保彦左《おおくぼひこざ》衛門忠教《えもんただたか》である。初めて顔を合わせた時は血気盛んな若者だったが、今は五十を超えている。若い兵達から、頑固おやじ、と呼ばれていることも耳にした。お互い歳を取ったのだ。

「彦左。此度の戦が終わったら、少しゆるりとせよ」

そう声をかける。

（大坂城が落ちれば、世から戦はなくなるな）

天下は泰平に包まれるのだ。己も彦左衛門も、戦の緊張から解き放たれることになる。

「お心遣い、誠にありがたき幸せにござりまする。さすれば、日がな一日、物語でも考えて過ごすといたしましょうか」

「なんだ、彦左。物書きにでもなろうというのか？」

意外な答えに興味をひかれた。

「大御所様のご活躍をすぐ側で見させてもらいましたからな。子孫に伝えてやろうかと思うておるのです」

「よからぬことは書くなよ。お前は偏屈なところがある」

「三方ヶ原《みかたがはら》の戦いは幼少であった故《ゆえ》、私は参陣しておりませぬ。兄から話を聞いておりますが、あくまで私がこの目で見たものを物語にするつもりです。大御所様が武田《たけだ》に敗れ、馬印を倒すほど慌てふためいて浜松《はままつ》へ逃げ帰った、などという話には触れぬつもりでございます」

「そうしたところが偏屈だと言うに……」

彦左衛門が笑う。こうして軽口をたたく者がいることはありがたい。実際は、戦が終わっても論功行賞などでゆっくり過ごすことは叶わないだろうが、それら煩雑な手続きもなんでもないことのように思える。とにかく戦は終わるのだ。その事が全てだ。張り詰めた緊迫感の中で過ごす日々は今日で終《しま》いだ。

（明日からは……）

彦左衛門が言う通り過去を懐かしむこともできるだろう、と家康は金扇《きんせん》の馬印を見上げた。満たされた心の中で振り返ることができる。あれほど苦しめられた武田も既に滅ぼした。天下を手にした今、己を脅かすものはこの世に存在しない。

馬印に目を細める家康の胸に再びかすかなざわめきが生まれた。何事か、としばし考えた家康は、戦場の喧騒を耳にして、その理由に思い至った。

（真田が戦っているか）

武田家臣として己に立ち向かって来た男、真田安房守昌幸《あわのかみまさゆき》。武田滅亡後も、所領である上田《うえだ》に籠って徳川と戦い、類稀《たぐいまれ》な知略を駆使して十倍の兵力を誇る我が軍を撃退した。鬼神が乗り移っているのではないかと思わせるほどの強さだった。その昌幸の息子が、この大坂の合戦に出陣している。真田左衛門佐《さえもんのすけ》信繁。昌幸の血を色濃く継ぐ信繁は冬の戦でさすがの勇将ぶりを見せ、家康に、関《せき》ヶ原《はら》の合戦後に殺しておけばよかったと思わせるほどの縦横無尽の活躍を見せた。しかし、今は状況が異なるのだ。大坂城は丸裸になり、打って出た兵も少数だ。今、真田信繁と対峙しているのは孫の松平忠直隊。一万五千の兵を預けている。脇を固める将も実力者揃いだ。よもや、敗けるなどあろうはずがない。真田の命もこれまでだ。そう思うと、高鳴っていた胸は急速に萎《しぼ》んでいった。

「彦左。物語を書くなら駿府《すんぷ》に来い。天下平定までの道筋を直《じか》に語ってやろう」

「それはそれは。恐れ多い……」

彦左衛門が頭を下げた、その時だ。

「申し上げます」

ひしめく旗本達の間を縫って、兵が駆けてきた。片膝をついた兵は全身泥にまみれ、肩で息をしている。ひどく慌てた様子だ。

「本多出雲守《いずものかみ》忠朝様、お討ち死に」

「なに！」

思わず立ち上がる。本多忠朝は徳川三傑と呼ばれた本多平八郎忠勝《へいはちろうただかつ》の次男だ。父に劣らぬ武勇を誇っている。その忠朝が死んだ？　にわかには信じられないことだ。

「申し上げます」

立ち尽くしていると、別の兵が駆けつけてきた。

「第一陣、本多出雲隊、壊滅。第二陣、榊原遠江《さかきばらとおとうみ》隊は苦戦を強いられています。榊原隊からは退却する兵が続出している模様。第三陣、酒井宮内《さかいくない》隊、榊原隊からの退却兵がなだれ込み混乱しています。敵将は毛利勝永。本陣に迫る勢いです」

「まさか……」

血の気が引く。十六万を超える兵が取り囲んでいるのだ。敗ける要素などこにもない。豊臣家を滅ぼし天下を我が物にする、その最後の戦だったはずだ。

（いや、これが戦だ）

家康は固く拳《こぶし》を握り締め、それをゆっくりと開いた。開くと同時に、冷静な己を取り戻す。

豊臣方の毛利勝永が破竹の勢いで進撃しているという。そうしたことも起こり得るのだ。追い詰められた男が、持っている力を超えて戦う。それが起きるのが戦だ。毛利も己を超えて戦う一人なのだろう。武士としての最期へ突き進む覚悟をしたのだ。

「退くぞ」

即断した。本陣をさげ、敵との間に壁を作る。本陣の守りにも一万五千の兵を割いているのだ。いくら毛利が死を賭して突撃してこようとも、延々と続く兵の壁に阻まれるに違いない。いずれ勢いは殺され、徳川兵に囲まれる。

「彦左、前を固めるのだ」

指示を受けた彦左衛門は家康の横から進み出ると、

「旗本、前方を塞《ふさ》げ！　大御所様に指一本たりとも触れさせるな！」

声を張り上げた。旗本達が一斉に走り始める。すぐに兵の群れが視界を塞いだ。徳川を守り続けてきた旗本五千騎だ。

「さ、大御所」

彦左衛門の催促に、家康は悠然と頷《うなず》いた。彦左衛門に促されるまま、城に背を向ける。

（これでよい）

家康は思う。己は、徳川家康だ。毛利勝永ごときに殺されるわけがないのだ。毛利など、たかが豊臣の家臣だ。格が違う。今まで多くの英傑を見てきた。それらが叶えられなかった天下を己は手に入れた。幼少期、今川義元《いまがわよしもと》の下に人質に出された。奴も大きな男だった。他にもいる。己を追い詰めた武田信《しん》玄《げん》。天下布武を唱えた織田信長《おだのぶなが》。本能寺《ほんのうじ》の変を起こした明智光秀《あけちみつひで》。全国を統一した豊臣秀吉。天下をかけて関ヶ原で争った石田三成《いしだみつなり》。いずれの男達も傑物だ。彼等が目指しながら手にせず散っていった、その夢を最終的に叶えたのは己だ。天下を手にした男、徳川家康。こんなところで死んでよいはずがない。

近臣と共に退いた家康は十町（約一キロ）ほど下がって止まった。戦略的な退却である。このぐらい退けば余裕をもって毛利勝永に当たることができる。

そう頷きかけた家康は、

「……な、なんだ？」

突如、固まった。

右後方。音が近づいている。地面が唸るように低く、響いている。

(聞こえる)

声。幾重にも重なった声。太く、鋭い。魂《たましい》を削るように張り上げられる声。

家康は目を見開き、後ろを振り返った。

「なぜここにいる!」

叫んだ。周りの兵が激しく動揺する。押しとどめようとする彦左衛門がなにやら叫んでいる。

地平いっぱいに広がった赤。丘の上。砂埃を巻き上げながら駆けてくる。抉《えぐ》られるように鳴動する地面。騎馬の群れだ。赤い甲冑《かっちゅう》に身を包んだ男達が、騎馬を駆って突撃してくる。声を限りに咆哮《ほうこう》し、この家康目掛けて突き進んでくる。

「真田左衛門佐信繁なり! 我が槍、徳川家康を貫かん!」

全身を鳥肌が走った。先頭の男の声が届くのと同時だ。重さがある。熱がある。なにより、声に鼓動がある。生きているのだ。

「真田が、なぜっ……」

奥歯を嚙《か》みしめた。毛利ではなかった。真田だった。その意味が分からない。真田は孫の忠直と戦っていたはずだ。そう簡単に破られるはずがない。

（いや、真田だからか……）

思い直した。己の前に立ちふさがり続けた男。寡兵をものともせず行く手を阻み、その都度、跳ね返してきた男、真田昌幸。その息子が、最後の、この戦でも己の前に立ちはだかろうというのだ。

真田騎馬隊の登場には鬼気迫るものがあった。怒濤《どとう》の疾駆。命を燃やしながら突っ込んでくる男達。味方が次々と蹂躙《じゅうりん》されていく。怖気づいた旗本達が一人、また一人と後退《あとずさ》っていく。

「おい、お前等……」

呼び止めようとした。その時、家康目掛けて降ってくるものがあった。

金の扇。

徳川家の馬印である。

（倒れた……）

慌てた旗本が手を離してしまったのだ。緑の草地に金の扇が吸い込まれていく。己の馬印が倒れたことは、生涯を通して二度目だ。かつて倒れたのは、三方ヶ原の戦い。迫りくる武田軍から逃げ出した時だ。そして、今。真田騎馬隊を前にして、倒れたのだ。

（こいつは……）

家康は震えあがった。

あの時と同じだ。

家康の目には映っている。真田信繁は武田の亡霊を宿して、己に迫ろうとしているのだ。天下にその名を轟《とどろ》かした最強の騎馬軍団。武田騎馬隊をその身に宿して迫ってくる。

「お退きくだされ！　大御所、お退きを！」

腕を引っ張られる。先ほどから彦左衛門が叫んでいたのは、退け、ということだったのか。

（そうだ、退かねば……）

家康は真田に背を向け、彦左衛門が連れてきた馬に跨《またが》ろうと試みた。とにかく逃げなければならない。今は逃げるのだ。

気持ちが急くせいか、うまく鐙《あぶみ》に足がかからない。躰そのものが上手く動いてくれないのだ。全身が重くて仕方ない。それだけではない。己は、もう七十を超えている。

馬蹄の響きが地面を揺るがす。男達の雄叫びが背中に刺さる。

家康は恐る恐る振り返った。

「あっ……」

目に飛び込んできた。

赤備えの向こう……。

城だ。

大坂城が聳《そび》えている。静かに。厳めしく。まるで家康を睨みつけでもするように、巨大な姿で佇《たたず》んでいる。

真田信繁の背後に城は重なっているのだった。それが家康には、真田が背負っているように見えた。豊臣の威信を真田が背負って駆けているように見えた。

「違う！」

家康は声を荒らげた。唾が飛んだことが自分でも分かる。

家康には見えているのだ。

確かに見える。男達の顔だ。

今川義元。武田信玄。織田信長。明智光秀。豊臣秀吉。石田三成。

時代を彩った男達。その顔が家康には見えている。瞳は間違いなく真田信繁と背後の大坂城に注がれているのに、なぜか目の裏に映っているのは、戦国の世を駆け抜けた英雄達の、清々しいまでに晴れやかな相貌だった。

（背負っているのか……？）

真田は背負っている。武田の怨霊ではない。豊臣でもない。真田は確かに背負っている。志を抱き、戦乱の世を駆け抜けた数多《あまた》の男達。その魂を背負って駆けている。戦国の世、そのものを背負って、真田信繁は徳川家康に挑もうとしているのだ。

「大御所！　お逃げくだされ！　大御所！」

彦左衛門が声を嗄《か》らしている。真田はもう、すぐそこだ。ここで逃げなければ赤備えの兵達は間違いなく己の下になだれ込んでくるだろう。逃げるなら、今しかないのだ。

戦国の世、そのものとなって突っ込んでくる真田信繁。だが、それに背を向けて、この徳川家康が逃げてもよいのか？　天下を平定する徳川家康が、ここで逃げてよいのか！

「大御所！　早く！」

彦左衛門が摑《つか》みかかって来る。抱え上げてでも連れ出そうとしている。

「徳川家康、覚悟！」

真田信繁が槍を振りかぶった。

（どうする？）

徳川家康、お前は、どうするのだ？　徳川家康！　徳川家康！　どうするのだ！

家康は目を閉じた。あまりに静かな闇が拡がっていた。

「来い！」

刮目《かつもく》した。鮮明な景色が飛び込んでくる。青を抱く空。緑を揺らす草地。立ち昇る砂塵。押し寄せる赤き騎馬隊。

全てが際立って見えた。迷いを振り切ったことで闇から抜け出すことができた。目を閉じ、闇の中に逃げていれば、己は二度とこの色彩を見ることはできなかっただろう。逃げた先で命を拾ったことは幾度もある。だが今だけは、絶対に逃げるわけにはいかないのだ。

「打ち倒してくれる！」

家康は刀を抜いた。己が戦国の世を終わらせる。己が新しい世を創るのだ。

「うぉおおお！」

真田信繁の躰が膨れ上がる。その背後に大坂城。吠えている。戦国の象徴が吠えている。

（渾身《こんしん》の一撃だ）

家康は思った。戦国の世を生きた男達の思いを乗せた一撃が己目掛けて降ってくる。

真田信繁の槍に宿っているのだ。男達の命が宿っている。今、まさに、日《ひ》の本一《もといち》となって襲いかかってくるのだ。この男こそ、今……。

「日の本一のつわものだ」

横から衝撃を覚えた。突き飛ばされ、家康は地面に転がる。

「大御所には触れさせぬ！」

彦左衛門だ。己を庇《かば》って真田の前に立ちふさがる。

降って来た。槍。彦左衛門が刀で受ける。鈍い金属音。彦左衛門は足を踏ん張って耐えている。地面にめり込んでしまいそうだ。

「これが我等の意地だ！」

真田がもう一度、槍を振り上げる。大坂城がその躰に阻まれ、見えなくなる。

その時だ。

真田の赤備えが揺らいだ。横から突っ込む騎馬の群れがある。

「井伊《いい》隊だ！　大御所、井伊直孝《なおたか》が来てくれましたぞ！」

彦左衛門が叫ぶ。そちらに目をやる。真田隊の横腹に食い込んでいる。同じ赤備えの騎馬隊。井伊の赤備えだ。徳川にも赤備えはいたのだ。

束の間、静寂が訪れた気がした。真田は左を向いて井伊の赤備えを眺めている。ふと顔を戻した真田は騎馬の上から家康を見下ろしてきた。
目が合った。ほんの一瞬だ。真田は家康を見つめた後、少しだけ顎《あご》を引き、
馬を返して城の方へ引いて行った。
呆然とその背中を見送った家康は、しばらくして、同じように一度だけ頷い
たのだった。
赤備えの騎馬隊が大坂城に帰っていく。堂々と、誇ってでもいるように。家
康にはそれが、ひどく神々しいものに見えたのだった。
真田隊が消えてしばらく後、大坂城から火の手が上がった。紅蓮《ぐれん》の炎が豪壮
な城を抱きすくめる。
城はやがて焼け落ち、戦国の世も終焉《しゅうえん》を迎える。新しい世が始まるのだ。
「彦左」
家康は脇に控える彦左衛門に呼びかけた。混乱に陥っていた旗本達も戻って
いる。軍はいつもと変わらぬ落ち着きを取り戻しつつある。
「なんでございましょう」

彦左衛門が進み出てくる。家康はそちらをチラと見て、燃え上がる大坂城に視線を戻した。

「今は、戦国の世を物語ることを禁ずる」

「左様にござりますか」

「懐かしんでよい時代ではない。あの時、男達が生きていた。今は、それだけでよい」

「確かに、その通りにござります」

「信長様も秀吉公もすんでのところで天下を取りそこねた。慢心があったのかもしれぬ。だが、わしは違う。真田が放った槍。今も瞼《まぶた》に焼き付いている。あの槍を見たわしはまだ戦が終わっていないことを知った。あの日の本一のつわものの槍を超えていくために、わしはこれからも戦の中に身を置き続けねばならぬ。その先で、わしにしかできぬ天下を創るのだ。……彦左、昔話をするのはそれからだな。今ではない。決して今ではないぞ。今は、新たな戦に踏み出していく時だ」

家康は頭を下げる彦左衛門を置いて、数歩前に出た。蒼天に向かって真っ赤な火焔が伸びあがっている。眺めた家康は、不意に躰の奥から湧き上がってくるものを感じた。

聞こえる。

槍が合わさる音。馬蹄の響き。男達の雄叫び。

城が焼ける音に混じって確かに聞こえてくる。家康は躰中の熱を感じながら全身に力を込めた。

(引き継いでいく)

真田と誓ったのであった。男達が生き抜いた世を引き継ぎ、新しい時代に伝える。

(それが徳川家康の務めだ)

家康は、空を見上げて唇《くちびる》を噛みしめた。大坂城から舞い上がった火の粉が、まるで鳥の羽のように青の中を舞っている。風が吹いたのだろう、火の粉は一度翻《ひるがえ》ると、そのまま、どこか遠くへ飛んでいった。眩《まぶ》しいほどに青く、果てがないほど広い、空のどこかへ。

徳川家康略年譜

年齢は数え年

天文十一年（一五四二）　一歳
✣十二月二十六日、松平広忠の嫡男として誕生。母は水野氏於大。幼名竹千代。

天文十六年（一五四七）　六歳
✣織田信秀によって父の居城である岡崎城が攻略され、織田方の人質になる。
▼矢野隆「囚われ童とうつけ者」

天文十八年（一五四九）　八歳
✣父・広忠が岡崎城で死去。その後、織田・今川との人質交換で、駿府に赴く。

弘治元年（一五五五）　一四歳
✣元服し、松平次郎三郎元信と名乗る。烏帽子親は今川義元。

弘治二年（一五五六）　一五歳
✣関口氏純の娘（築山殿）を娶る。元康と改名。
▼風野真知雄「悪妻の道」

永禄三年（一五六〇）　一九歳
✣桶狭間の合戦。義元が討たれ、岡崎城に復帰する。
▼砂原浩太朗「生さぬ仲」

永禄四年（一五六一）　二〇歳
✣織田信長と同盟を結ぶ。今川領国である、東三河に侵攻。

永禄六年(一五六三) 二二歳
❖嫡男・竹千代(信康)が信長の次女・徳姫と婚約。改名し、松平家康となる。三河一向一揆が起こる。
▼吉森大祐「三河より起こる」

永禄八年(一五六五) 二四歳
❖吉田・田原両城を攻略。将軍・足利義輝が殺害される。

永禄九年(一五六六) 二五歳
❖従五位下三河守に叙任。合わせて松平から徳川に改姓する。
▼井原忠政「徳川改姓始末記」

永禄十一年(一五六八) 二七歳
❖足利義昭が上洛し、織田信長が供奉する。武田信玄と密約を結ぶ。十二月、遠江に侵攻する。駿府から逃れてきた今川氏真を掛川城に攻める。

永禄十二年(一五六九) 二八歳
❖武田信玄と起請文を交わす。今川氏滅亡する。

元亀元年(一五七〇) 二九歳
❖姉川の合戦。居城を岡崎から浜松に移す。上杉謙信と起請文を交わし同盟する。

元亀三年(一五七二) 三一歳
❖三方ヶ原の合戦で武田信玄に大敗する(翌年四月信玄死去)。
▼谷津矢車「鯉」

天正二年（一五七四）　三三歳
❖武田勝頼に遠江国・高天神城を落とされる。

天正三年（一五七五）　三四歳
❖長篠の合戦。
▼上田秀人「親なりし」

天正七年（一五七九）　三八歳
❖三男・秀忠（のちの江戸幕府第二代将軍）誕生。
築山殿を殺害。嫡男・信康自刃（松平信康事件）。

天正十年（一五八二）　四一歳
❖武田氏滅亡。
本能寺の変。
「伊賀越え」で岡崎城帰着。
このころ、三河・遠江・駿河・甲斐・南信濃の五ヵ国を領有する。
▼松下隆一「魔王」
▼永井紗耶子「賭けの行方　神君伊賀越え」

天正十二年（一五八四）　四三歳
❖秀吉の侵攻により、小牧・長久手の合戦始まる。
のち、和睦。
▼山本巧次「長久手の瓢」

天正十三年（一五八五）　四四歳
❖徳川軍、上田城攻撃で真田氏に敗北（第一次上田合戦）。

天正十四年（一五八六）　四五歳
❖家康、旭姫と結婚。
居城を浜松から駿府へ移す。
大坂城で秀吉に臣従。

天正十五年（一五八七）　四六歳

❖駿府城の普請を開始する。上洛し、従二位権大納言に叙任。

天正十八年（一五九〇）　四九歳

❖小田原攻めにより、北条氏滅亡。秀吉による論功行賞で、北条氏の旧領関東へ転封。

▼門井慶喜「塩を納めよ」

文禄四年（一五九五）　五四歳

❖豊臣秀次自刃。「御掟」五ヵ条・「御掟追加」九ヵ条制定。家康はじめ六名が連署。

文禄五年（一五九六）　五五歳

❖正二位内大臣に叙任。

慶長三年（一五九八）　五七歳

❖八月十八日、秀吉死去（六三歳）。

慶長五年（一六〇〇）　五九歳

❖関ヶ原の合戦で石田三成ら西軍に圧勝。

▼小栗さくら「点睛」

慶長六年（一六〇一）　六〇歳

❖正月、東海道の宿駅を設置する。十月、朱印船貿易始まる。

慶長九年（一六〇三）　六二歳

❖征夷大将軍に任ぜられ、江戸に幕府を開く。江戸市街地の建設を始める。

慶長十年(一六〇五) 六四歳
❖徳川秀忠、征夷大将軍・内大臣任官。

慶長十六年(一六一一) 七〇歳
❖三月二十七日、後陽成天皇譲位。
二条城で秀頼を引見する。

慶長十九年(一六一四) 七三歳
❖大坂冬の陣始まる。年末に和睦。

元和元年(一六一五) 七四歳
❖大坂夏の陣で豊臣氏を滅亡させる。
「武家諸法度」十三ヵ条を制定。
「禁中並公家中諸法度」一七ヵ条を制定。
諸宗諸本山諸法度を下す。
これらによって徳川公儀が確立する。

▼稲田幸久「燃える城」

元和二年(一六一六) 七五歳
❖正月二十一日、鷹狩りに出て田中城で発病し、二十五日に駿府城に戻るも、四月十七日、死去。久能山に葬られ、翌年、下野日光に改葬。後水尾天皇より「東照大権現」の神号を贈られる。

※本多隆成『徳川家康の決断』(中公新書)を基に作成。

執筆者紹介

❖矢野 隆 やの・たかし

'76年福岡県生まれ。'08年『蛇衆』で第21回小説すばる新人賞を受賞。その後、『無頼無頼《ぶらぶら》ッ！』『兇』『勝負《ガチ》！』など、ニューウェーブ時代小説と呼ばれる作品を手がける。'21年に『戦《いくさ》百景 長篠の戦い』で第4回細谷正充賞を、'22年に『琉球建国記』で第11回日本歴史時代作家協会賞作品賞を受賞。他の著書に『戦百景 桶狭間の戦い』『戦百景 関ヶ原の戦い』『戦百景 川中島の戦い』『戦百景 本能寺の変』などがある。

❖風野真知雄 かぜの・まちお

'51年生まれ。'93年「黒牛と妖怪」で第17回歴史文学賞を受賞してデビュー。主な著書には『わるじい秘剣帖』『姫は、三十一』『大名やくざ』『占い同心 鬼堂民斎』などの文庫書下ろしシリーズのほか、単行本に『ト伝飄々』などがある。『妻は、くノ一』は市川染五郎の主演でテレビドラマ化され人気を博した。'15年、「耳袋秘帖」シリーズで第4回歴史時代作家クラブシリーズ賞を、『沙羅沙羅越え』で第21回中山義秀文学賞を受賞した。「この時代小説がすごい！ 2016年版」では文庫書下ろし部門作家別ランキング1位。

❖砂原浩太朗 すなはら・こうたろう

'69年生まれ、兵庫県出身。早稲田大学第一文学部卒業後、出版社勤務を経て、フリーのライター・編集・校正者となる。'16年「いのちがけ」で第2回「決戦！小説大賞」を受賞しデビュー。'21年刊行の『高瀬庄左衛門御留書』が、第165回直木賞候補・第34回山本周五郎賞候補となったほか、第9回野村胡堂文学賞・第15回舟橋聖一文学賞・第11回本屋が選ぶ時代小説大賞受賞、「本の雑誌」'21年上半期ベストテン第1位など高評価を受ける。'22年『黛家の兄弟』で第35回山本周五郎賞受賞。

❖吉森大祐 よしもり・だいすけ

'68年東京都生まれ。慶応義塾大学文学部卒業。大学時代より小説を書き始めるも、'93年に某電機メーカーに入社。40代半ばにまた小説を書き出し、'17年『幕末ダウンタウン』で第12回小説現代長編新人賞、'20年『ぴりりと可楽！』で第3回細谷正充賞を受賞する。近著に『うかれ十郎兵衛』『東京彰義伝』などがある。

❖井原忠政 いはら・ただまさ

神奈川県出身。'00年に「連弾」が第25回城戸賞に入選し、経塚丸雄名義で脚本家デビュー。'16年「旗本金融道」シリーズ（経塚丸雄名義）で時代小説家デビュー。'17年『旗本金融道（一）銭が情けの新次郎』で第6回歴史時代作家クラブ新人賞受賞。'21年「三河雑兵心得」シリーズで「この時代小説がすごい！　2022年版」文庫書下ろしランキング1位。

❖谷津矢車 やつ・やぐるま

'86年東京都生まれ。'12年『蒲生の記』で第18回歴史群像大賞優秀賞を受賞。'13年『洛中洛外画狂伝』でデビュー。'18年『おもちゃ絵芳藤』で第7回歴史時代作家クラブ賞作品賞を受賞。演劇の原案提供も手がけている。他の著書に『吉宗の星』『ええじゃないか』などがある。

❖上田秀人 うえだ・ひでと

'59年大阪府生まれ。大阪歯科大学卒業。'97年小説CLUB新人賞佳作。歴史知識に裏打ちされた骨太の作風で注目を集める。講談社文庫の「奥右筆秘帳」シリーズは、「この時代小説がすごい！」（宝島社刊）で、'09年版、'14年版と二度にわたり文庫シリーズ第1位に輝き、第3回歴史時代作家クラブ賞シリーズ賞も受賞。抜群の人気を集めた「百万石の留守居役」は初めて外様の藩を舞台にしたシリーズ。文庫時代小説の各シリーズのほか歴史小説にも取り組み、『孤闘　立花宗茂』で第16回中山義秀文学賞を受賞。他の著書に『竜は動かず　奥羽越列藩同盟顛末（上下）』など。'22年第7回吉川英治文庫賞を「百万石の留守居役」シリーズで受賞した。

❖松下隆一　まつした・りゅういち

’64年兵庫県生まれ。京都市在住。第10回シナリオ大賞佳作受賞の『二人ノ世界』が’20年に永瀬正敏主演で同名映画化。同年、第1回京都文学賞を「もう森へは行かない」（刊行に際して『羅城門に啼く』に改題）で受賞。作家、脚本家として活躍中。他の著書に『ゲンさんとソウさん』『春を待つ』がある。’23年2月に講談社より新作長編を刊行予定。

❖永井紗耶子　ながい・さやこ

’77年神奈川県出身。慶應義塾大学文学部卒業。’10年『絡繰り心中』で第11回小学館文庫小説賞を受賞しデビュー。’20年『商う狼 江戸商人 杉本茂十郎』で、第3回細谷正充賞、第10回本屋が選ぶ時代小説大賞、’21年、第40回新田次郎賞を受賞。’22年『女人入眼』で第167回直木賞候補に。

❖山本巧次　やまもと・こうじ

’60年和歌山県生まれ。中央大学法学部卒業。’15年『大江戸科学捜査 八丁堀のおゆう』が第13回「このミステリーがすごい！」大賞隠し玉となりデビュー。同作はシリーズ化され、人気を博している。’18年『阪堺電車177号の追憶』で第6回大阪ほんま本大賞受賞。他の著書に「入舟長屋のおみわ」シリーズ、「まやかしうらない処」シリーズなどがある。

❖門井慶喜 かどい・よしのぶ

’71年群馬県生まれ。同志社大学文学部卒業。’03年、第42回オール讀物推理小説新人賞を「キッドナッパーズ」で受賞しデビュー。’15年に『東京帝大叡古教授』が第153回直木賞候補、’16年に『家康、江戸を建てる』が第155回直木賞候補となる。’16年に『マジカル・ヒストリー・ツアー ミステリと美術で読む近代』で第69回日本推理作家協会賞（評論その他の部門）、同年に咲くやこの花賞（文芸その他部門）を受賞。’18年に『銀河鉄道の父』で第158回直木賞を受賞。近著に『ロミオとジュリエットと三人の魔女』『信長、鉄砲で君臨する』『江戸一新』などがある。

❖小栗さくら おぐり・さくら

東京都生まれ。博物館学芸員の資格を持つ歴史タレントとして活動する他、歴史系アーティスト、歌手、作詞家、声優としても活躍中。小説現代’18年10月号に初めての小説「歳三が見た海」を発表した。’22年に初の小説集『余烈』を刊行。

❖稲田幸久 いなだ・ゆきひさ

’83年広島県生まれ。大阪教育大学大学院修了。’21年に第13回角川春樹小説賞を『駆ける 少年騎馬遊撃隊』で受賞しデビュー。同作は第12回広島本大賞を受賞し、続編も刊行されている。

初出／小説現代二〇二三年一・二月合併号

どうした、家康《いえやす》

矢野《やの》 隆《たかし》、風野真知雄《かぜのまちお》、砂原浩太朗《すなはらこうたろう》、吉森大祐《よしもりだいすけ》、
井原忠政《いはらただまさ》、谷津矢車《やつやぐるま》、上田秀人《うえだひでと》、松下隆一《まつしたりゅういち》、
永井紗耶子《ながいさやこ》、山本巧次《やまもとこうじ》、門井慶喜《かどいよしのぶ》、
小栗《おぐり》さくら、稲田幸久《いなだゆきひさ》

講談社文庫

定価はカバーに
表示してあります

2023年1月17日第1刷発行

発行者──鈴木章一
発行所──株式会社 講談社
東京都文京区音羽2-12-21 〒112-8001
電話 出版 (03) 5395-3510
　　 販売 (03) 5395-5817
　　 業務 (03) 5395-3615

Printed in Japan

KODANSHA

デザイン─菊地信義
本文データ制作─講談社デジタル製作
印刷───株式会社KPSプロダクツ
製本───株式会社国宝社

ISBN978-4-06-530504-1

講談社文庫刊行の辞

二十一世紀の到来を目睫に望みながら、われわれはいま、人類史上かつて例を見ない巨大な転換期をむかえようとしている。

世界も、日本も、激動の予兆に対する期待とおののきを内に蔵して、未知の時代に歩み入ろうとしている。このときにあたり、創業の人野間清治の「ナショナル・エデュケイター」への志を現代に甦らせようと意図して、われわれはここに古今の文芸作品はいうまでもなく、ひろく人文・社会・自然の諸科学から東西の名著を網羅する、新しい綜合文庫の発刊を決意した。

激動の転換期はまた断絶の時代である。われわれは戦後二十五年間の出版文化のありかたへの深い反省をこめて、この断絶の時代にあえて人間的な持続を求めようとする。いたずらに浮薄な商業主義のあだ花を追い求めることなく、長期にわたって良書に生命をあたえようとつとめるところにしか、今後の出版文化の真の繁栄はあり得ないと信じるからである。

同時にわれわれはこの綜合文庫の刊行を通じて、人文・社会・自然の諸科学が、結局人間の学にほかならないことを立証しようと願っている。かつて知識とは、「汝自身を知る」ことにつきていた。現代社会の瑣末な情報の氾濫のなかから、力強い知識の源泉を掘り起し、技術文明のただなかに、生きた人間の姿を復活させること。それこそわれわれの切なる希求である。

われわれは権威に盲従せず、俗流に媚びることなく、渾然一体となって日本の「草の根」をかたちづくる若く新しい世代の人々に、心をこめてこの新しい綜合文庫をおくり届けたい。それは知識の泉であるとともに感受性のふるさとであり、もっとも有機的に組織され、社会に開かれた万人のための大学をめざしている。大方の支援と協力を衷心より切望してやまない。

一九七一年七月

野間省一

講談社文庫 最新刊

上田秀人 ほか

どうした、家康

人質から天下をとる多くの分かれ道。大河ドラマを観ながら楽しむ歴史短編アンソロジー。

潮谷 験

時空犯

探偵の元に舞い込んだ奇妙な依頼。千回近くループする二〇一八年六月一日の謎を解け。

夕木春央

絞《こう》首《しゅ》商《しょう》會《かい》

分厚い世界に緻密なロジック。メフィスト賞受賞、気鋭ミステリ作家の鮮烈デビュー作。

横 山 光 輝
山岡荘八・原作

漫画版 徳川家康 1

徳川幕府二百六十余年の礎を築いた家康の波乱の生涯。山岡荘八原作小説の漫画版、開幕！

輪渡颯介

祟《たた》り神
〈怪談飯屋古狸〉

怖い話が集まる一膳飯屋古狸。人一倍怖がりの虎太《とらた》が凶悪な蝦蟇蛙《がまがえる》の吉《きち》の正体を明かす!?

講談社タイガ

野﨑まど

タイタン

ＡＩの発達で人類は労働を卒業した、はずだった。もしかすると人類最後のお仕事小説。

講談社文庫 最新刊

講談社文庫 目録

海猫沢めろん キッズファイヤー・ドットコム
冲方丁 戦の国
上田岳弘 ニムロッド
上野歩 キリの理容室
内田英治 異動辞令は音楽隊！
遠藤周作 ぐうたら人間学
遠藤周作 聖書のなかの女性たち
遠藤周作 さらば、夏の光よ
遠藤周作 最後の殉教者
遠藤周作 反逆(上)(下)
遠藤周作 ひとりを愛し続ける本
遠藤周作 周作塾〈読んでもタメにならないエッセイ〉
遠藤周作 新装版 海と毒薬
遠藤周作 新装版 わたしが・棄てた・女
遠藤周作 深い河《ディープ・リバー》〈新装版〉
江波戸哲夫 新装版 銀行支店長
江波戸哲夫 集団左遷
江波戸哲夫 新装版 ジャパン・プライド
江波戸哲夫 起業の星

江波戸哲夫 ビジネスウォーズ〈カリスマと戦犯〉
江波戸哲夫 リストラ事変〈ビジネスウォーズ2〉
江上剛 頭取無惨
江上剛 企業戦士
江上剛 リベンジ・ホテル
江上剛 起死回生
江上剛 瓦礫の中のレストラン
江上剛 非情銀行
江上剛 東京タワーが見えますか。
江上剛 慟哭の家
江上剛 家電の神様
江上剛 ラストチャンス 再生請負人
江上剛 ラストチャンス 参謀のホテル
江上剛 一緒にお墓に入ろう
江國香織 真昼なのに昏《くら》い部屋
江國香織他 100万分の1回のねこ
円城塔 道化師の蝶
江原啓之 スピリチュアルな人生に目覚めるために〈心に「人生の地図」を持つ〉
江原啓之 トラウマ あなたが生まれてきた理由

大江健三郎 新しい人よ眼ざめよ
大江健三郎 取り替え子《チェンジリング》
大江健三郎 晩年様式集《イン・レイト・スタイル》
小田実 何でも見てやろう
沖守弘 マザー・テレサ〈あふれる愛〉
岡嶋二人 解決まではあと6人〈5W1H殺人事件〉
岡嶋二人 99％の誘拐
岡嶋二人 クラインの壺
岡嶋二人 ダブル・プロット
岡嶋二人 新装版 焦茶色のパステル
岡嶋二人 チョコレートゲーム 新装版
岡嶋二人 そして扉が閉ざされた〈新装版〉
太田蘭三 殺《さつ》・風《ぷう》景《けい》〈警視庁北多摩署特捜本部〉
大前研一 企業参謀 正・続
大前研一 やりたいことは全部やれ！
大前研一 考える技術
大沢在昌 野獣駆けろ
大沢在昌 相続人TOMOKO
大沢在昌 ウォームハート コールドボディ

大沢在昌 アルバイト探偵《アイ》
大沢在昌 調毒師を捜せ アルバイト探偵《アイ》
大沢在昌 女王陛下のアルバイト探偵《アイ》
大沢在昌 不思議の国のアルバイト探偵《アイ》
大沢在昌 拷問遊園地 アルバイト探偵《アイ》
大沢在昌 帰ってきたアルバイト探偵《アイ》
大沢在昌 雪 蛍
大沢在昌 夢 の 島
大沢在昌 新装版 氷 の 森
大沢在昌 暗 黒 旅 人
大沢在昌 新装版 走らなあかん、夜明けまで
大沢在昌 新装版 涙はふくな、凍るまで
大沢在昌 語りつづけろ、届くまで
大沢在昌 罪深き海辺(上)(下)
大沢在昌 や ぶ へ び
大沢在昌 海と月の迷路(上)(下)
大沢在昌 鏡 の 顔 〈傑作ハードボイルド小説集〉
大沢在昌 覆 面 作 家
大沢在昌 ザ・ジョーカー 新装版

大沢在昌 亡 命 者 〈ザ・ジョーカー 新装版〉
大沢在昌／藤田宜永／堂場瞬一／井上夢人／今野敏／月村了衛／東山彰良 激動 東京五輪1964
逢坂 剛 十字路に立つ女
逢坂 剛 奔流恐るるにたらず 〈重蔵始末(八)完結篇〉
逢坂 剛 新装版 カディスの赤い星(上)(下)
オノ・ヨーコ 飯村隆彦 編 た だ の 私《あたし》
オノ・ヨーコ 南風 椎 訳 グレープフルーツ・ジュース
折原 一 倒 錯 の 帰 結
折原 一 倒 錯 の ロ ン ド 〈完成版〉
小川洋子 ブラフマンの埋葬
小川洋子 最果てアーケード
小川洋子 琥珀のまたたき
小川洋子 密 や か な 結 晶 〈新装版〉
乙川優三郎 霧 の 橋
乙川優三郎 喜 知 次
乙川優三郎 蔓 の 端 々
乙川優三郎 夜 の 小 紋
恩田 陸 三月は深き紅の淵を
恩田 陸 麦の海に沈む果実

恩田 陸 黒と茶の幻想(上)(下)
恩田 陸 黄昏の百合の骨
恩田 陸 『恐怖の報酬』日記 〈酩酊混乱紀行〉
恩田 陸 きのうの世界(上)(下)
恩田 陸 七月に流れる花／八月は冷たい城
奥田英朗 新装版 ウランバーナの森
奥田英朗 最 悪
奥田英朗 マ ド ン ナ
奥田英朗 ガ ー ル
奥田英朗 サウスバウンド
奥田英朗 オリンピックの身代金(上)(下)
奥田英朗 ヴァラエティ
奥田英朗 邪 魔(上)(下) 〈新装版〉
乙武洋匡 五体不満足 〈完全版〉
大崎善生 聖《さとし》の 青 春
大崎善生 将 棋 の 子
小川恭一 江戸の旗本事典 〈歴史・時代小説ファン必携〉
奥泉 光 プラトン学園
奥泉 光 シューマンの指

講談社文庫　目録

2022年12月15日現在